Paula Nadeau

Le Retour
du cauchemar

Éditions de la Paix

Le Conseil des Arts   The Canada Council
du Canada   for the Arts

Nous remercions
le Conseil des Arts du Canada de l'aide accordée
à notre programme de publication.

Nous reconnaissons l'aide financière
du gouvernement du Canada par l'entremise du
Programme d'aide au développement de l'industrie de
l'édition (PADIÉ) pour nos activités d'édition.

Paula Nadeau

Le Retour du cauchemar

Ados/Adultes, no 16

Éditions de la Paix
pour la beauté des mots et des différences

© **Éditions de la Paix**

Dépôt légal 4ᵉ trimestre 2001
Bibliothèque nationale du Québec
Bibliothèque nationale du Canada
Imprimé au Canada

Illustration Fil et Julie
Infographie Geneviève Bonneau
Révision Jacques Archambault

Éditions de la Paix
127, rue Lussier
Saint-Alphonse-de-Granby, QC J0E 2A0
Téléphone et télécopieur (450) 375-4765
Courriel **info@editpaix.qc.ca**
Site Web **http://www.editpaix.qc.ca**

Données de catalogage avant publication (Canada)

Nadeau, Paula

   Le retour du cauchemar
   (Collection Ados/Adultes ; 16)
   ISBN 2-922565-41-6
I. Arseneau, Philippe. II. Saint-Onge Drouin, Julie. III. Titre. IV. Collection
PS8577.A342R47 2001 C843'.54 C2001-941295-9
PS8577.A342R47 2001
PQ3919.2.N32R47 2001

**Philippe Arseneau Bussières
et
Julie Saint-Onge Drouin
deux illustrateurs qui se
complètent.**

Alors que l'un affine les traits de
l'autre
qui accentue les couleurs de celui
qui remettait en question l'idée
qu'avait amené le concept du second,
celui-ci épure ou raffine les formes
afin de bien servir le public ciblé par
ce premier,
et de pair,
ils recomposent aux effluves d'un bon
café bien tassé...

site Internet
http://pages.infinit.net/filjulie

Mi-septembre

L'automne allait bientôt faire son apparition. On le sentait à l'odeur de l'air, à cette espèce de mélancolie indéfinissable qui donnait l'envie de se pelotonner dans son lit pour y dormir jusqu'au prochain printemps. Les citoyens de Cody n'échappaient pas à la règle, et avant que les jours ne deviennent que grisaille, ils s'enivraient des dernières parcelles de chaleur avec une avidité qui ressemblait presque à de la résignation.

Il faisait bon en ce jeudi soir. Le temps idéal pour flâner, faire un peu de lèche-vitrine ou tout simplement, se bécoter sur un banc du parc en regardant tomber les premières feuilles mortes. Une belle soirée en définitive et pourtant, la population adulte avait déserté les rues pour mettre le cap sur l'hôtel de ville.

Dans une pièce attenante à la salle de conférence, un homme rondouillard tournait le dos à une dame d'une élégance raffinée dont le savant maquillage ne parvenait plus à dissimuler les flétrissures de l'âge. La femme poussa un soupir d'impatience.

— J'attends votre réponse, Aubin.

L'homme prit soin de se composer un visage de circonstance, puis se décida enfin à faire face à son interlocutrice.

— De grâce, Justine, essayez de vous mettre à ma place. Vous me demandez ni plus ni moins d'être complice d'un sacrilège.

— Alors, je prends le sacrilège à mon compte et j'accepte d'aller directement en enfer, mais je ne vous laisserai pas me priver de ma vengeance. Je n'aurai de paix que lorsque cet immonde serpent sera installé là où il le mérite.

— Je n'arrive pas à comprendre pourquoi vous le détestez à ce point. Rupert était votre mari tout de même !

— Ceci ne regarde que moi.

Rien de plus pénible qu'une enquiquineuse avec de la suite dans les idées, mais Aubin Rioux avait beau avoir la conscience large, il se fixait quand même certaines limites à ne pas dépasser, et celle-ci était de taille.

— Croyez que je regrette de vous décevoir, mais j'ai des principes auxquels je tiens.

— Vos principes sont plutôt élastiques, d'habitude. Ne m'obligez pas à vous couper les vivres, Aubin.

Les traits bouffis de l'homme se décomposèrent. Grâce à sa fortune, cette vieille peau de Justine Maurice maintenait l'usine de textiles à flot malgré son peu de rentabilité. Si jamais elle osait mettre sa menace à exécution, — et elle en était bien capable —, le chômage sévirait de façon endémique dans toute la ville et lui, Aubin Rioux, n'aurait plus qu'à dire adieu à la mairie.

Le brouhaha s'intensifia derrière la porte close. Tous ces braillards commençaient à lui porter sur les nerfs, quoique… Ils lui fournissaient l'occasion parfaite de mettre un terme à une affaire qui tournait visiblement en sa défaveur.

— Je dois vous abandonner, Justine, mais je vous promets d'y réfléchir.

Consciente d'avoir marqué un point, la dame opina, un sourire narquois sur les lèvres.

— Cette réflexion vous aidera sûrement à découvrir où sont vos intérêts. Allez, très cher, je ne vous retiens plus.

Son honneur le maire suait à grosses gouttes lorsqu'il pénétra dans la salle bondée. Il rentra le ventre pour réussir à s'asseoir à la table du conseil, tapota le micro et ouvrit l'assemblée. Sa voix, déformée par l'épaisseur des murs, parvint quand même aux oreilles de la femme au moment où elle s'engageait dans le couloir de la sortie.

— Chers concitoyens, vous savez tous que depuis deux ans, l'entretien du cimetière nous cause de sérieux problèmes. Nous avons investi une somme rondelette en engrais, en gazon, en cochonneries de toutes sortes pour le remettre en état, mais rien n'y fait. Vous vous en plaignez et avec raison. Ce lieu est devenu malsain, indigne de nos chers disparus. Ces messieurs du conseil et moi-même avons donc décidé qu'il serait peut-être temps de transférer nos morts dans un terrain plus convenable. Si vous nous donnez votre accord, nous entreprendrons les démarches pour acquérir un nouveau terrain et nous procéderons au transfert le plus tôt possible ; avant les grands froids. Vous avez des questions ?

— Ça va nous coûter combien, tout ça ? demanda quelqu'un.

La vieille dame n'entendit pas la réponse, mais peu lui importait. Elle savait le maire très convaincant quand il s'y mettait et n'éprouvait nulle inquiétude quant au résultat du vote. Elle franchit le portail et descendit prudemment les marches de béton qui menaient à la rue. Elle n'eut pas à faire un geste que déjà, Alfred, son fidèle chauffeur entrouvrait la porte d'une rutilante B.M.W. noire, garée non loin de là.

— Ça c'est passé comme vous le souhaitiez, Madame Maurice ?

— Je le crois, mon ami. Je le crois.

Fin septembre

Assis sur le parvis de la chapelle jouxtant le cimetière, deux adolescents de quinze ou seize ans surveillaient la progression des travaux.

— J'aime pas les voir fouiller là-dedans, dit l'un d'eux.

Les doigts ouverts en éventail, l'autre passa la main dans ses longs cheveux bruns.

— Ne t'inquiète pas. Il n'y est plus.

— Quand même, j'aime pas.

— Si ça peut te rassurer, le père Nodier ira bénir le coin des maudits dès que le transfert des cercueils sera terminé. C'est une idée de mes parents. Ils ne veulent courir aucun risque.

— Tu crois que maintenant, Peter est une âme perdue, lui aussi ?

— Je te l'ai ressassé au moins cent fois. Tu n'as pas à t'en faire pour Peter. Il est entre bonnes mains là-haut. Il ne pouvait pas trouver mieux que mon grand-père pour s'occuper de lui.

Tout en discutant, le garçon lorgnait son copain du coin de l'œil. Incroyable comme il s'était transformé depuis... cette histoire. Bien sûr, trois mois dans le coma, ça vous remodèle la silhouette, mais il y avait autre chose. Depuis qu'on l'avait éloigné de son dragon de marâtre, Jonas ne cherchait plus à fuir la réalité dans la nourriture. De grassouillet qu'il était, son corps s'était affiné, allongé. L'adolescent paraissait presque maigre à présent. Si seulement, il n'y avait pas eu cette mélancolie constante dans ses yeux.

— Il te manque toujours autant ?

— Tout le temps. Il était le seul ami que j'ai jamais eu.

— Ben moi, alors ? Je compte pour des prunes ?

— C'est pas pareil.

L'adolescent aux cheveux bruns sourcilla malgré lui. Tant d'efforts, tant d'heures passées à essayer de sortir Jonas du désespoir, et celui-ci balayait tout ça avec trois petits mots de rien du tout. Sa déception devait être évidente, car le jeune Royer s'empressa d'ajouter :

— Fais pas cette tête, Martin. Lui, c'était mon ami d'enfance, mais si toi, tu n'avais pas été là pour me ramasser à la petite cuillère, je n'aurais jamais trouvé le courage de revenir d'où j'étais.

Il changea de sujet de but en blanc.

— Tu as revu le Renard depuis ?

On chuchotait dans les chaumières qu'un malade de l'asile était devenu particulièrement agité ces derniers temps, qu'il hurlait des nuits durant et ne reprenait son calme qu'aux premières lueurs de l'aube. On disait même qu'à son arrivée là-bas, il y a deux ans, les cheveux roux du bonhomme étaient devenus tout blancs en l'espace de quelques jours. Avant, David Martin se serait tordu de rire en entendant de pareilles histoires, mais ça, c'était avant.

— Aux dernières nouvelles, Joey est toujours enfermé à Saint-Michel.

— J'espère qu'il n'en sortira pas de sitôt. Tout ça, c'est sa faute. C'est à cause de lui si Peter s'est jeté sous ce camion.

— Tu oublies un petit détail, je pense. Nous l'avons suivi dans le cimetière ce soir-là. D'accord, nous étions plus jeunes que lui et il nous fichait la trouille, mais nous étions à trois contre un. Si nous avions refusé de l'accompagner, il aurait été obligé de faire une croix sur son fichu projet et… Et Peter serait toujours vivant. Nous l'avons suivi, Jonas. Nous sommes aussi coupables que lui.

Une pelle mécanique s'approchait de la haie desséchée entourant le cimetière. Les jeunes reportèrent leur attention sur le chantier. Soudain, une voix de basse résonna derrière eux.

— Restez pas là, les jeunes. Ce n'est pas un spectacle pour vous.

Les garçons tournèrent la tête pour se retrouver nez à nez avec une paire de rotules tout de noir vêtues. Levant les yeux, ils découvrirent l'imposant sacristain coiffé de son sempiternel chapeau à large bord. Le vieil homme mâchouillait un truc non identifié qui lui faisait une drôle de bosse dans la joue.

— Ouste ! Débarrassez-moi le plancher, dit-il en faisant valser la protubérance d'un côté à l'autre de sa bouche par un habile coup de langue.

Les adolescents ne se le firent pas répéter. Ils descendirent les marches et, juste pour le plaisir d'asticoter le vieux bonhomme, piétinèrent un bout de gazon fraîchement tondu avant d'atterrir sur le trottoir. Poursuivis par les gémissements métalliques de l'engin et le crépitement sec des branches cassées, ils bifurquèrent vers le centre-ville.

Du haut du parvis, le sacristain attendit qu'ils soient hors de vue, puis à son tour, il observa longuement l'excavatrice. Elle allait lui bousiller son cimetière en deux temps trois mouvements, alors que lui, il avait passé sa vie à le soigner, à le dorloter comme un bébé. Il y avait de ces injustices !

Dans un geste de défi puéril, il cracha un épais graillon brunâtre en direction de la machine, mais le jet de salive manqua sa cible et alla s'écraser sur le bitume avec un flop mou. Dépité, il tourna les talons pour aller s'enfermer dans la chapelle.

Lundi soir, 2 octobre

Christophe Renaud regarda de nouveau par la baie vitrée. Toute la semaine, des gens accompagnés de camions et d'une grosse pelle mécanique étaient venus travailler près de chez lui, juste en haut de la colline. Et puis, il avait vu le champ d'herbes se transformer en champ de pierres. Le plus curieux, c'est qu'elles devaient pousser la nuit, ces pierres-là, car chaque matin, quand il prenait le bus pour l'école, il en comptait de nouvelles.

— Je peux aller jouer dehors, maman ?

La jeune femme poussa un soupir d'impatience. Les deux mains plongées dans l'eau savonneuse, elle en retira une assiette dégoulinante et allongea le cou pour réussir à entrevoir l'horloge à balancier suspendue au mur de la salle à manger.

— Déjà 18 h ! D'accord, je te donne quinze minutes, pas plus, et tu ne t'éloignes pas de la maison.

— C'est promis.

Le garçonnet fit glisser la lourde porte de verre, sortit sur le patio de bois et referma soigneusement, en jetant un coup d'œil à sa mère qui s'était remise à la tâche. Il descendit les quelques marches et chercha des amis avec qui s'amuser. Aucune trace d'Amélie, de Pierrot ou de Marie-Ève. Il n'y avait que des grands, pas rigolos pour deux sous. Et lui se retrouvait tout seul sans rien à faire. Tout à coup, son visage s'illumina. Et s'il allait voir à quoi ressemblait le champ de pierres ?

Négligeant sa promesse, le gamin fila tout droit vers la colline.

Tiens ! Les inconnus avaient aussi planté de jeunes arbres tout autour du grand champ, mais quand on est un géant de sept ans, on ne se laisse pas arrêter par des nains verts un peu fanés. Sans effort, Christophe le géant enjamba la minuscule haie de cèdres et pénétra dans la cité interdite... par maman.

Sa mère lui avait déjà raconté qu'en-dessous des pierres, il y avait des personnes qui dormaient et qu'il fallait toujours se tenir tranquille dans un endroit comme celui-ci pour éviter de troubler leur sommeil. Lui n'aurait pas beaucoup aimé dormir dans la terre, mais heureusement, il n'y avait que les vieux qui faisaient ça, pas les jeunes comme lui. Il continua sa visite en zigza-guant entre les stèles roses, brunes, grises ou noires. Dommage qu'il n'y en ait pas eu des bleues parce que c'était sa couleur préférée. Soudain, il tomba en arrêt devant une imposante sculpture de bronze.

— Wouah ! dit-il en contemplant les deux anges bruns aux reflets dorés.

Les traits figés dans le métal, les messagers célestes ne semblaient pas très heureux à l'idée de devoir prendre leur envol, avec dans les bras un personnage à l'air aussi mal en point. L'enfant s'enhardit à les interroger :

— Faites-vous cette tête parce que vous savez que ce monsieur-là va vous vomir dessus pendant le voyage ? À votre place, moi, je le laisserais tomber.

Christophe attendit un instant, mais voyant que les anges ne tenaient aucun compte de son avis, il s'en lassa.

— Tant pis pour vous, alors.

Il baissa les yeux. Fier de ses toutes nouvelles connaissances en orthographe, il tenta de déchiffrer les lettres gravées à la base de la sculpture, mais il commençait à faire sombre et il avait du mal à lire.

— R... U... P... E... R...T, épela-t-il avec soin. Rue, ruban, rutabaga, rupert. C'est quoi un rupert ?

Il entendit qu'on criait son nom et il se retourna, cherchant à apercevoir sa mère entre les stèles qui lui bouchaient la vue.

— Zut ! J'ai été trop loin, je pense.

Pendant que le garçonnet réfléchissait à ce qu'il allait lui raconter pour éviter d'être puni, un serpentin de brume noirâtre émergea de la terre fraîchement remuée et ondula vers l'arrière de la stèle.

Miaou !

Le cœur de l'enfant se mit à battre plus vite. Les appels de sa mère, la punition appréhendée, la pénombre qui fait peur, tout s'effaça comme par magie.

— Petit, petit, petit !

Miaou !

Un chaton noir déboucha de derrière la sculpture et Christophe se pencha lentement pour ne pas l'effrayer. Un animal juste à lui ; il en rêvait depuis tellement longtemps ! Si seulement, il pouvait l'attraper !

— Oui, t'es un joli minet.

Sans manifester la moindre crainte, le minuscule félin s'approcha du garçonnet et lui frôla les jambes en ronronnant de plaisir.

— Pourquoi t'es ici tout seul ? T'as pas de maman à toi, petit Rupert le chat ?

Une odeur nauséabonde monta vers l'enfant, lui agressa les narines. Il voulut s'en aller loin de la puanteur, retrouver les bras rassurants de sa maman, mais il n'en eut pas la chance. La queue du chaton s'allongea démesurément, s'enroula autour de sa cheville, et quand les yeux du petit garçon devinrent d'un noir d'encre, Christophe le géant avait déjà disparu. Ne restait que l'autre, le Maître de la cité interdite.

Dans une maison de la 22e Rue, David Martin, les cheveux humides de transpiration, s'agitait dans son sommeil. Tout à coup, il se redressa dans son lit en hurlant.

— Les abeilles ! Elles arrivent !

Dans l'une des pièces voisines, une femme ouvrit les yeux pendant que tout près d'elle une voix grommelait dans l'obscurité.

— Qu'est-ce qui se passe encore ?

— J'y vais. Rendors-toi, chéri.

Écartant les couvertures à regret, elle frissonna au sortir de son lit tout chaud, et prenant garde de ne pas se heurter les orteils contre un meuble, se dirigea à tâtons vers la sortie. Elle prit soin de refermer la porte derrière elle avant d'actionner le commutateur du corridor. Plissant les paupières, elle jeta un coup d'œil à sa montre bracelet.

— 2 h 45. Et moi qui croyais qu'en vieillissant, les enfants me laisseraient enfin dormir tranquille.

D'une démarche légèrement titu-
bante, elle longea le couloir jusqu'à la
chambre des garçons et y pénétra en étouffant un bâillement de la main. Comme il
fallait s'y attendre, le remue-ménage de
David avait tiré son jeune frère de son sommeil. Se croyant au matin, Jérémie bataillait
pour réussir à enfiler un chandail. Le pauvre
petit s'était trompé d'ouverture et n'arrivait
pas à passer la tête dans la manche trop
étroite. Dans le coin opposé, son fils aîné se
tenait assis sur le bord de son lit. Les bras
appuyés sur ses genoux, il fixait la moquette
avec l'air de quelqu'un qui ne parvient pas à
faire la transition entre le rêve et la réalité.

Quand donc cela finira-t-il ? se demanda la jeune femme avec un serrement
de cœur devenu hélas trop familier.

Elle s'approcha d'abord de Jérémie
pour lui enlever le tricot. Ses cheveux blonds
dressés sur le crâne, le garçonnet avait
peine à garder les yeux ouverts. La fatigue
le rendait grognon et en apercevant sa
mère, il s'empressa de le démontrer.

— Ce satané chandail ! S'il a rape-
tissé, c'est que tu l'as lavé à l'eau chaude.
Cette fois, m'man, tu pourras pas dire que
c'est ma faute si je suis encore en retard
pour l'école.

— Recouche-toi, trésor, et tu verras qu'au matin, ton chandail t'ira à merveille.

— Je peux vraiment ?

— Bien sûr.

— Super !

Avec un plaisir non feint, Jérémie posa la tête sur son oreiller, puis se recroquevilla sous son édredon bleu roi où voguaient des nacelles futuristes aux teintes multicolores. La jeune femme lui appliqua un bizou, mais déjà l'esprit du petit garçon s'était embarqué pour une galaxie lointaine en compagnie de ses héros du moment. Elle s'empressa d'aller rejoindre son autre fils.

— Encore ces cauchemars ?

L'adolescent hocha la tête.

— Pas du tout comme avant. Il n'y avait que des abeilles, des tas d'abeilles.

Voyant qu'il hésitait à poursuivre, elle s'installa près de lui et attendit qu'il se sente prêt à continuer. La moquette devait sûrement l'inspirer, car durant de longues minutes, David s'absorba dans la contemplation des brins de laine avant de se décider à révéler ce qui le tracassait vraiment.

— M'man, tu parlais de la bénédiction du père Nodier comme d'une barrière spirituelle contre le mal, d'une sorte d'exorcisme. Tu le crois toujours ?

Voilà ! On y est, pensa-t-elle.

— Oui, toujours. Si quelqu'un est proche de Dieu, c'est bien Charles Nodier, et jamais il ne nous aurait fait cette proposition s'il avait eu le moindre doute sur son efficacité. C'est l'être le plus honnête, le plus sincère que j'ai jamais rencontré.

— Tu es certaine qu'il ne s'est pas trompé d'endroit, que c'est bien le coin des maudits qu'il a béni ?

Elle résista à l'envie de le prendre dans ses bras. Si seulement elle avait pu effacer l'angoisse de ses yeux en le serrant très fort comme dans son enfance ! C'était tellement simple de le consoler à ce moment-là.

— David ! Tout s'est exactement déroulé comme prévu à part ce léger incident avec les quatre fiers-à-bras de Rioux. Je t'ai raconté ce que ces types ont osé dire quand le père Nodier leur a expliqué qu'il avait conclu une entente avec le maire pour être avisé dès le début de l'opération.

Devant le signe négatif du garçon, elle continua.

— Ils ont piqué une colère en répliquant qu'un homme de son âge ne devait pas s'énerver à cause de quelques cercueils déplacés. Ensuite, ils se sont calmés et ont baragouiné une histoire comme quoi, ils avaient dû mal comprendre les instructions d'Aubin Rioux, mais qu'ils avaient fait du bon boulot et que le maire n'aurait pas à s'en plaindre. Enfin, bref, après cette petite algarade, Charles Nodier ne les a plus lâchés d'une semelle. Ça, je peux te le jurer, et c'est bien le secteur des âmes perdues qu'il a béni et deux fois plutôt qu'une.

Délicatement, elle écarta les cheveux rebelles du visage de son fils.

— Tu te sens mieux maintenant ?

Mieux ? pensa le garçon. Non, il ne se sentait pas mieux, mais cette fameuse bénédiction... sa mère en parlait avec une foi si intense qu'il eut envie d'y croire, lui aussi. Il lui sourit.

— Ça va aller. Ne t'inquiète pas.

Comme l'heure avançait, elle n'insista pas davantage et se leva en faisant grincer le lit.

— Dors bien, mon grand.

— Bonne nuit, m'man.

Après avoir jeté un dernier regard à l'intérieur de la pièce, Suzanne Martin éteignit et regagna sa chambre. Elle se blottit contre son mari pour retrouver un peu de chaleur et l'entendit marmonner, le nez enfoncé dans l'oreiller :

— Il s'agissait de quoi, cette fois ?

— D'abeilles. David a rêvé d'abeilles et ça l'a effrayé.

— Seigneur Dieu ! Voilà autre chose. Tu penses pas qu'il serait temps de consulter un psychologue ?

Sans attendre la réponse, il se rendormit pendant que la jeune femme réfléchissait, les yeux grands ouverts dans le noir.

Mardi, 3 octobre

Cette journée de classe lui avait paru interminable et pourtant, l'année scolaire venait tout juste de commencer. Entraîné par une vague d'élèves qui ne semblaient pas manifester beaucoup plus d'enthousiasme que lui, David Martin parcourut le long corridor menant aux cases. Quand il eut repéré la sienne, il l'ouvrit et fourragea à l'intérieur. Il faudrait qu'il se décide à mettre un peu d'ordre dans tout ce fatras un de ces jours, car il perdait un temps fou à s'y retrouver.

Enfin, c'est pas trop tôt ! se dit-il en attrapant son manuel de géographie.

Derrière lui, quelqu'un exerça une traction sur ses cheveux attachés en queue de cheval, mais il continua de ranger ses affaires comme si de rien n'était.

— Salut, Jonas.

— Comment as-tu deviné ?

L'adolescent referma tranquillement la porte métallique avant de se retourner vers son camarade.

— Tu es le seul à être aussi casse-pieds.

L'autre lui offrit son plus beau sourire.

— Mais tu m'aimes comme ça, avoue-le donc.

— Tu as raison. Amène-toi, vieux, j'ai besoin d'air pur.

Ils refirent l'interminable couloir en sens inverse.

— Je crois que tu as fait une touche, Martin. Tu as vu cette beauté, cinquième compartiment à droite ? Elle n'arrêtait pas de te reluquer

— Elle devait sûrement regarder quelqu'un d'autre.

— Tu le fais exprès ou tu n'es pas conscient de ton charme ?

À titre de revanche pour ses cheveux malmenés, David saisit son vieux copain à bras-le-corps.

— Petit cachottier, va ! Tu me trouves charmant et tu n'en disais rien.

Se dégageant d'une bourrade, Jonas Royer lui signifia clairement que pour lui, le sujet était clos. L'autre pouffa.

La cohue devenait plus dense à mesure qu'ils approchaient de la sortie, et les deux amis furent séparés l'un de l'autre. Étant le premier à sortir, le jeune Martin profita d'une trouée pour s'éloigner de la foule. Il prit à gauche et marcha jusqu'à un banc de bois où il s'installa.

Jonas mettrait quelques minutes à le rejoindre, alors, pour tuer le temps, il scruta les alentours.

Adossés au terre-plein, une rangée de véhicules attendaient leur propriétaire respectif en prenant un bain de soleil aussi tristounet que le reste du paysage. David se dit que s'il avait pu choisir une voiture, il aurait opté sans hésitation pour la *Firebird* du professeur de mathématiques. Une véritable merveille, cette voiture.

De fluide qu'elle était au début, la circulation devint très vite difficile. Les autobus scolaires arrivaient les uns après les autres suivis de près par des automobilistes venus récupérer leur progéniture. Il y avait de ces veinards !

— Tiens, qui est celui-là ? se demanda-t-il tout haut.

Vêtu d'un anorak rouge étriqué et d'une salopette brune beaucoup trop courte pour lui, un jeune de l'âge de Jérémie venait de surgir en haut du terre-plein. De toute évidence, il avait oublié ses chaussures quelque part, mais ce détail ne semblait pas l'incommoder. En effet, il marchait d'un bon pas sur les gravillons jonchant les abords du stationnement. Il se faufila entre deux voitures pour aller se poster en plein milieu du trafic de 16 h.

David fit les yeux ronds.

— Il est fou, ce gosse.

Son livre sous le bras, l'adolescent quitta le banc dare-dare, et tout en surveillant le va-et-vient des gros bus jaunes, il se dirigea vers l'enfant. Il avait la ferme intention de le sortir de là avec un solide sermon en prime.

Indifférent à ce qui l'entourait, le garçonnet observait les efforts du grand à la queue de cheval avec une attention singulière. Dans son visage blême, les yeux d'un noir charbonneux brûlaient d'une haine si intense que tous ceux qui croisaient son regard en ressentaient un vague malaise qui les tourmenterait longtemps après avoir quitté les lieux.

Le gamin à la salopette passa un petit bout de langue rose sur ses lèvres charnues. L'excitation de la chasse le reprenait comme jadis et le rendait plus fébrile à mesure que l'adolescent s'approchait. D'ici quelques secondes, ce dernier serait tout près, à la portée de ses mains et alors ! ...

Non, se dit-il. Pas encore.

À regret, il recula en produisant un curieux bruit de gorge pareil à un grondement d'animal sauvage. Le moment de l'affrontement n'était pas encore venu, mais qu'importe. Il avait repéré sa proie et la traquerait jusqu'à la mise à mort. L'idée le fit tressaillir de plaisir anticipé, mais il se ressaisit vite. Il s'était déjà beaucoup trop attardé et risquait d'attirer l'attention des curieux sur sa personne. Au mépris du danger, il coupa le trafic dans une cacophonie de klaxons et de gémissements de pneus avant de disparaître par où il était venu.

Complètement interloqué, David stoppa net.

— Ben ça, alors ! Qu'est-ce qui lui prend ?

— Hé ! Martin.

Jonas Royer le hélait du trottoir où il avait plus ou moins assisté à la scène. Ce n'était pas évident de se concentrer sur un mec quand il y avait tellement de jolies filles autour.

— Rapplique ici avant de te faire aplatir comme une crêpe. Le 34 est arrivé.

L'adolescent hésita un instant, puis il fit demi-tour.

Rassemblés autour de la table, les Martin achevaient tranquillement le repas du soir. Comme d'habitude, Jérémie racontait tous les petits ragots entendus en classe. Son papotage incessant finit par mettre les oreilles des autres à rude épreuve.

David posa son verre de lait sur le napperon tissé avec un soupir d'impatience.

— Ferme-la, Jérémie, ou je fais un malheur.

Robert Martin leva les yeux de son journal. Peu lui importait le bavardage du plus jeune, sa lecture l'absorbait au point qu'il ne l'entendait plus. Curieusement, il captait la moindre velléité d'impolitesse à des mètres à la ronde. À croire qu'il avait un sonar dans la tête.

— David, ne parle pas à ton frère sur ce ton, et toi, Jérémie, ne parle pas la bouche pleine. Comme ça, tout le monde sera heureux.

Sans se formaliser, le fils cadet, âgé d'une dizaine d'années, continua à mâchouiller son morceau de pâtisserie fleurant bon la cannelle, puis il tendit l'index vers le journal replié que son père venait de poser sur la table. S'étouffant presque, il croassa d'excitation.

— C'est lui ! C'est le petit garçon !

Son père et sa mère posèrent leur tasse de café et attendirent la suite, pleins d'impatience. Du moins, c'est ainsi que Jérémie se l'imagina. Il se dit que plus tard, quand il serait devenu un grand journaliste, il garderait toujours le *punch* pour la fin, comme dans les films et les livres.

— Quel petit garçon ?

— C'est sa photo, là, sur la page. Il n'est pas rentré à la maison hier soir. J'ai un copain qui habite dans l'ouest de la ville, en bas du nouveau cimetière. La sœur de mon copain, Marie-Ève qu'elle s'appelle, joue toujours avec Christophe Renaud. C'est lui qui s'est perdu. Paraît qu'un tas de gens l'ont cherché toute la nuit, mais ça n'a rien donné.

Les yeux rivés sur le quotidien, David voyait les lettres imprimées s'embrouiller, se dissoudre en une sorte de magma grisâtre, illisible. Des souvenirs, ceux-là même qu'il s'efforçait d'oublier depuis deux ans, s'étaient mis à refluer par grosses vagues déchaînées à la surface de sa mémoire. Des images de l'horrible créature lui envahissaient le cerveau avec tant d'acuité qu'il pouvait sentir sa puanteur, exactement comme si elle avait été là, avec eux, dans la cuisine.

Le cœur barbouillé par la nausée, il se leva, prit son couvert et l'apporta à l'évier pendant que sa mère jetait un coup d'œil sur la photo en noir et blanc.

— Le fils de Paul et Lisa Renaud. C'est d'une tristesse ! Il est à croquer ce bout de chou. Tout le portrait de Jérémie lorsqu'il était plus jeune.

Flatté par le compliment, le gamin bomba son maigre torse.

— Ses chaussures étaient dans le p'tit bois, près du cimetière.

Un fracas de vaisselle cassée les fit tous se retourner dans la direction du coupable pendant que David, le visage couleur de cendre, se penchait pour ramasser les dégâts

— Désolé.

— Seigneur ! Tu es pâle comme la mort. Ça ne va pas, mon grand ?

— Ce n'est rien. J'ai dû trop manger.

— Laisse tout ça par terre et va t'étendre quelques minutes.

— Mais m'man…

— Laisse, je te dis. Je nettoierai plus tard.

Elle le regarda quitter la pièce et dut prendre sur elle pour ne pas se lever à son tour et courir derrière lui.

— Alors, Suzanne ?

La jeune femme sursauta.

— Heu ! pardon, chéri. Tu disais quoi, déjà ?

— Je disais que nous devrions nous joindre aux chercheurs.

— J'y avais songé, mais maintenant, je ne sais plus trop. David n'est pas bien et…

— Ce n'est probablement qu'une toute petite indigestion. Il n'en mourra pas.

Imagine plutôt ce que doit ressentir la famille du garçonnet. Si nous étions dans leur situation, nous aimerions avoir de l'aide des membres de la communauté.

— Tu as sans doute raison. Donne-moi cinq minutes pour nettoyer ce gâchis, et nous nous mettrons en route.

— D'accord. Je vais en profiter pour aller changer de vêtements.

Les yeux brillants d'excitation, Jérémie fut debout plus vite qu'un ressort qu'on détend.

— Je viens aussi.

Sa mère vint jeter une douche froide sur son enthousiasme.

— N'y compte pas, jeune homme. Ce n'est pas un endroit pour toi. Tu vas ranger la cuisine et faire tes devoirs.

La mine boudeuse, le garçon retomba sur sa chaise.

— C'est ça. Je peux jamais rien faire, moi.

Sans se préoccuper de ses lamentations, la jeune femme se leva, récupéra un torchon qui traînait dans un tiroir et revint briquer le carrelage en ayant soin de ne laisser aucun éclat de verre. Elle enfourna les débris dans la poubelle et se dirigea vers le placard pour y prendre son anorak. Le vêtement à la main, elle fit un détour par le salon.

Allongé de tout son long sur le canapé, David avait repris des couleurs. Pourtant, il restait là, les mains croisées sous la tête, à fixer le plafond au lieu du téléviseur. Dans son cas, c'était plutôt mauvais signe.

Suzanne Martin s'approcha et lui tapota les mollets pour qu'il lui fasse une petite place où s'asseoir.

— Écoute, mon grand, je sais parfaitement à quoi tu penses, mais crois-moi, ça n'a rien à voir. Il ne s'agit que d'un malheureux hasard, c'est tout.

Sa voix s'entendait jusque dans la cuisine où un champion apprenti journaliste tendait une oreille d'autant plus attentive qu'indiscrète. Et David répliqua quelque chose, mais il parla si bas que Jérémie manqua la suite. En un instant, sa tête blonde s'interposa entre son frère et sa mère.

— Tu peux me redire à quoi tu penses ? J'ai pas bien compris.

— Tu n'as pas à le savoir, grommela Robert Martin qui arrivait sur l'entrefaite, habillé de pied en cap comme s'il se préparait à une expédition en pleine cambrousse.

Aussitôt, le petit garçon s'insurgea contre l'injustice dont il était victime.

— C'est parce que j'ai été adopté qu'on ne me dit jamais de secrets, à moi ? Un jour, mes vrais parents me retrouveront et eux, ils ne me cacheront rien, rien. Et quand j'hériterai de leur fortune, vous viendrez tous mendier à ma porte en me suppliant de vous pardonner, mais je ne vous ouvrirai pas.

Malgré son style très direct, sa mère et son père le considéraient déjà avec un peu plus d'attention. Il le lisait dans leurs yeux.

— Ferme-là, Jérémie, lancèrent ses géniteurs avec un parfait synchronisme.

À bout d'argument, le gamin retourna dans la cuisine et commença à desservir la table. Quand il eut terminé de ranger, il se dit qu'il méritait bien une petite récompense et se donna congé pour le reste de la soirée. Il fila au salon et s'installa sur le canapé en espionnant son frère aîné du coin de l'œil. David réussissait toujours à se sauver de la corvée de vaisselle, mais peut-être que cette fois, il avait été malade pour de vrai parce qu'il continuait d'avoir l'air bizarre même si le travail était terminé.

Les deux garçons regardaient tranquillement un vieux film lorsque leurs parents rentrèrent. Juste à voir leur figure, ils comprirent que le petit Christophe Renaud était resté introuvable.

Mercredi, 4 octobre

Affalé sur la banquette de l'autobus, David tentait vainement de s'intéresser aux propos de son compagnon, mais c'était plus fort que lui, ses paupières se fermaient toutes seules.

— Hé ! Tu m'écoutes ou tu roupilles ?

L'adolescent se redressa légèrement.

— Excuse-moi. Je dors mal ces temps-ci.

Charmant euphémisme. La nuit précédente, il en était tombé de son lit à force de gesticuler dans son sommeil et sa mère l'avait expatrié sur le canapé du salon parce que Jérémie piquait une crise de tous les diables.

Si seulement il avait pu se confier à son copain. Mais pour lui raconter quoi ? Qu'il avait failli vomir son souper à cause d'un petit gars disparu qu'il ne connaissait même pas ? Non. Il valait mieux garder ça pour lui. Depuis sa maladie, Jonas n'était pas encore assez solide dans sa tête. Il commençait à peine à dominer sa crainte de l'obscurité, alors pourquoi risquer de l'éner-

ver avec des appréhensions sans fonde-
ment ? Il décida de simplifier.

— Je rêve d'abeilles.

— Mais on n'en voit plus de ces bes-
tioles au début d'octobre.

— Je sais. Toi, Jonas, ça t'arrive de
rêver, parfois ?

— Jamais et je n'y tiens pas non plus.

Le jeune Royer allongea le cou
comme l'autobus passait devant le terre-
plein. L'énorme bâtiment d'un gris terne
venait d'apparaître dans toute sa laideur.

— Terminus.

Se soulevant de la banquette, le
garçon s'incorpora aux élèves qui avaient
envahi l'allée étroite pendant que David se
penchait pour récupérer le vieux sac en cuir
déposé à ses pieds. Il tira légèrement, puis
un peu plus fort, mais le fichu sac semblait
décidé à lui gâcher sa journée, car il restait
résolument collé au sol. L'adolescent se
contorsionna en maugréant. Il glissa ses
épaules entre le dossier de la banquette
avant et son siège, à lui, pour découvrir que
l'une des sangles s'était coincée sous
l'armature de métal. Au bout de quelques
minutes, il réapparut, la figure en nage, et
brandit le fourre-tout devant lui.

— Je t'ai eu !

Quelque part en avant, on applaudit sans grande conviction. Assis à son poste, le conducteur l'observait dans son rétroviseur.

— Bravo, p'tit gars ! C'est pas que je veux te presser, mais maintenant que t'as vaincu le méchant, ça te dirait de vider les lieux ? J'ai pas que ça à faire, moi.

Le rouge aux joues, le garçon fit voler le vieux sac par-dessus son épaule et avança vers la sortie.

— À ce soir, m'sieur ! dit-il en descendant du véhicule.

— C'est ça.

Le conducteur tira sur le levier de fermeture, pressé d'aller prendre un café pour se réchauffer un peu.

Du trottoir, David regarda le lourd véhicule quitter l'aire de stationnement pour redescendre la 118e Rue. S'il s'était écouté, il aurait pris le même chemin parce qu'il n'était vraiment pas d'humeur à aller s'écraser dans une salle de cours surchauffée. Par contre, avec un dossier comme le sien, il ne pouvait pas se permettre de faire l'école buissonnière, sinon gare aux problèmes. Ne voyant Jonas nulle part, il suivit les derniers traînards qui se hâtaient vers l'escalier du vestibule. En mettant le pied sur la première marche, il ressentit une sorte d'appréhension diffuse qui n'avait pas sa raison d'être à moins que… Lentement, presque malgré lui, il tourna la tête vers la droite. L'étrange garçonnet était là, à quelques mètres seulement. Il se tenait debout, le dos appuyé contre un des réverbères longeant la pelouse. Il n'y avait pas à s'y tromper, c'était bien lui.

Enfin ! Oui et non. Même cheveux blonds, même yeux d'un noir de jais, mais il paraissait plus grand. Sûrement une illusion d'optique ou un effet inattendu de la fatigue ? En tout cas, il avait changé de vêtements, et cette fois, il avait pris soin d'enfiler des chaussures. Encore heureux, car ce matin, il faisait un véritable froid de canard.

Comme la première fois, le jeune le dévisageait avec insistance, la bouche tordue en un sourire moqueur.

Tout à fait le genre de sourire que doit avoir le serpent en contemplant son mets favori, se dit David, tandis qu'une lame glacée lui traversait le corps.

Il resserra les pans de son manteau contre lui et marcha vers le gamin.

— Bon sang ! marmonna-t-il en y regardant de plus près.

Il était vraiment plus grand que la veille, presque aussi grand que lui, en fait.

Le frère de l'autre sans doute, mais alors ! Pourquoi avaient-ils tous l'air de le détester autant dans cette famille ?

Il allait le savoir sur-le-champ. L'envie de se mettre à courir le démangea un instant, mais si l'autre prenait peur en le voyant foncer comme un malade, il ne serait pas plus avancé.

— Qu'est-ce que tu fous ? Tu vas nous faire arriver en retard.

Furieux, David s'arrêta en faisant un demi-tour sur lui-même. Jonas venait dans sa direction.

— Tu n'as pas besoin d'ameuter toute la ville ?

Sa colère retomba aussitôt.

— Heu ! dis donc, vieux ! Tu te souviens du jeune d'hier, celui qui se baladait en chaussettes au milieu du stationnement ? Jette un coup d'œil par-là, troisième réverbère à droite. Remarques-tu une différence, un changement ?

Le jeune Royer fixa l'endroit indiqué.

— Trop tard. Il a encore décampé. Pourquoi il t'intéresse autant, ce gamin ?

— Je ne sais pas, une drôle d'impression, c'est tout.

— Oublie-le et amène-toi.

Juste avant de franchir la lourde porte de l'établissement, David jeta un dernier coup d'œil vers le réverbère. Aucune trace du blondinet.

Jeudi matin, 5 octobre

Encore ce champ immense aux teintes trop brillantes, incompatibles avec le monde réel. Perdu dans son ciel mauve, le soleil saturait chaque brin d'herbe d'une lumière si intense que sous ses pieds, ses chaussures s'auréolaient d'une fluorescence verdâtre. Sans se préoccuper des anomalies criantes du paysage, il se dirigea instinctivement vers la vingtaine de boîtes d'un blanc pur qui occupaient le centre du terrain, mais plus il se rapprochait, plus il sentait croître son inquiétude. À la partie inférieure de chacune, il apercevait le trou de vol par où les abeilles auraient dû entrer et sortir. Par contre, il avait beau regarder à s'en arracher les yeux, il n'en voyait aucune. Les couleurs vives se fondirent brusquement dans des tons de gris délavé.

Ça y est, murmura une petite voix issue de nulle part.

Comme en réponse à un signal donné, il se tourna vers la haute palissade élevée entre le rucher et les habitations environnantes. La barrière disparaissait à demi sous les lierres dont les grandes feuilles sèches voletaient au gré de la brise. À chaque bruissement de celles-ci, il croyait entendre des « Fuiiis, fuiiis, fuiiis » impératifs.

Fuir !

Lui ne demandait que ça, mais son rêve refusait de le laisser partir. Alors, il s'efforça de mater sa peur et se prépara à affronter ce qui allait venir. C'était tout près maintenant, il le sentait jusque dans ses tripes.

Il recula jusqu'à ce que son dos hérissé de chair de poule percute l'une des ruches et s'y agrippa avec tant de force que ses ongles creusèrent des stries dans le bois mou. Il hurla.

— Réveille-toi. Tu fais un cauchemar. Réveille-toi.

David ouvrit les yeux. Il lui fallut quelques secondes avant de comprendre qu'il était à la maison, en sécurité, et que cette figure fantomatique en face de lui n'était autre que celle de Jérémie. Il passa la main dans ses cheveux.

— J'ai encore parlé en dormant, c'est ça ?

— Non, t'as pas parlé. Pourquoi griffais-tu la tête du lit ?

— Trop fourbu pour te répondre. Retourne te coucher, p'tit frère.

— Je ne demanderais pas mieux, mais maman va bientôt nous crier après.

— Ah, non ! Tu es sûr qu'on n'est pas vendredi ?

— Bien, vu qu'hier c'était mercredi, alors forcément…

Poussant un gémissement de désespoir, David se frotta le visage.

— Qu'est-ce que j'ai comme premier cours ce matin ? Seigneur ! la méthodologie. J'ai intérêt à prendre une douche pour me remettre d'aplomb, sinon je n'y survivrai pas.

— C'est pas vrai ! Tu vas te laver sans y être obligé ? Eurk !

— David, Jérémie, descendez et que ça saute, lança une voix lointaine, parfaitement identifiable.

Le cadet haussa les épaules, fataliste.

— Je le savais.

— S'il te plaît, Jérémie, ne dis pas à m'man que j'ai encore rêvé. Tu sais comment elle est.

— Mais si elle pose des questions, je raconte quoi ?

L'adolescent réfléchit. Il ne pouvait quand même pas demander à son jeune frère de mentir pour lui faire plaisir.

— Changeons de tactique. Tu traînes un peu pendant que je fais ma toilette et nous descendrons ensemble. Nous serons en retard, et elle sera tellement en rogne qu'elle en oubliera tout le reste.

La voix retentit à nouveau.

— Grouillez-vous, là-haut.

— On arrive, lança Jérémie en se laissant retomber sur son lit, les bras en croix.

Quinze minutes plus tard, les deux garçons dévalaient l'escalier ensemble, pour faire ensuite irruption dans la cuisine. Sans leur donner la chance de s'asseoir, Suzanne Martin leur tendit à chacun, un sac de papier brun.

— Pas le temps. Vous mangerez un sandwich dans l'autobus, et pour votre gouverne, demain, je sonne le réveil à 6 h 30, pile.

— Tu peux pas faire ça, m'man, rétorqua le cadet. On a congé de fin d'étape demain.

La jeune femme les poussa sans ménagement vers la porte.

— Lundi prochain alors, et n'allez pas vous imaginer que je vais perdre la mémoire durant la fin de semaine. Bonne journée.

De la fenêtre, elle les regarda courir dans l'allée pour se rendre à l'arrêt où se pointait déjà le gros nez carré de l'autobus scolaire. Ils y étaient arrivés, mais de justesse.

Lorsque le véhicule fut hors de vue, les traits de son visage s'affaissèrent. Pauvres enfants ! Ils lui avaient joué la comédie pour ne pas avoir à subir un interrogatoire, mais elle les connaissait mieux qu'ils ne se connaissaient eux-mêmes. David lui cachait quelque chose qui le rongeait et les abeilles n'avaient rien à voir là-dedans.

Au bout de quelques minutes, elle regagna la cuisine et contempla distraitement la boîte de flocons de maïs qui trônait au centre de la table. Elle la prit dans ses mains, la fixa un long moment et comprit ce qui lui restait à faire. Il était un peu tôt pour une visite, mais le père Nodier comprendrait. Elle reposa la boîte et décrocha le téléphone. Aujourd'hui, le bureau devrait se passer de ses services.

Les mains moites de nervosité, la jeune femme prit place dans un imposant fauteuil de bois ouvragé dont le rembourrage montrait des signes manifestes de fatigue. La pièce sentait l'encaustique, une odeur qui la ramenait loin en arrière. Elle se revit, enfant, vêtue de la tenue de rigueur : chemisette blanche et tunique marine, alors qu'elle parcourait les couloirs du couvent Saint-Louis pour se rendre à sa classe. La senteur de la cire se mêlait aux effluves parfumés de la cuisine, et chaque fois, son estomac en gargouillait de plaisir. Elle regretta presque de ne pas avoir pris le temps de déjeuner.

— Pardonnez-moi de vous avoir fait attendre, ma chère fille, mais il vient un temps ou le corps vous impose de ces exigences qui n'ont plus rien de divin.

Suzanne Martin quitta aussitôt son fauteuil et se tourna vers le personnage à la verve colorée qui venait d'apparaître sans crier gare.

— C'est à moi de m'excuser, père Nodier.

Le vieux prêtre fit un geste de la main tout en s'installant dans un siège encore plus usé que celui qu'occupait la jeune femme. Il s'y laissa choir en poussant un soupir de résignation.

— Il n'y a pas à dire ! grommela-t-il en caressant d'une main tavelée de taches brunes, le bras sculpté du fauteuil.

— Nos artisans savaient faire de bien belles choses jadis, mais pour le confort, ça ne vaut pas un pet de nonne. Allez ! Rasseyez-vous et dites-moi ce qui me vaut le plaisir d'une si agréable visite.

— Je suis terriblement confuse de vous embêter à nouveau avec mes problèmes, mais je ne sais plus vers qui me tourner. Père Nodier, mon fils a recommencé à faire des cauchemars. Il ne s'agit peut-être que d'une coïncidence, mais à partir du moment ou l'on a transféré les cercueils, ces affreux rêves sont revenus et je...

Incapable de cacher sa détresse, elle ferma les yeux et mit la main devant sa bouche pour s'empêcher de sangloter. Quelques secondes plus tard, elle trouvait assez de courage pour poursuivre.

— Je le vois dépérir à petit feu et je me sens si impuissante que j'enrage. D'accord, j'admets que David a commis une terrible bêtise en allant faire du grabuge dans le cimetière ce soir-là, mais il n'avait que quatorze ans, mon père ! Il était jeune, influençable. Ces quatre gamins ont déjà payé un prix exorbitant pour une malheureuse erreur de jeunesse. Faut-il que cette erreur les poursuive jusque dans leur vie d'homme parce que Dieu leur refuse l'absolution ?

Elle eut un petit rire triste.

— Pardon. Je crois que je m'égare un peu. Oubliez ce que je viens de dire. Je...

Se tortillant sur son siège pour trouver une position moins fatigante pour ses vieux os, l'homme l'interrompit.

— Suzanne, gardez-vous d'imputer à Dieu ce qui pourrait fort bien être l'œuvre d'un autre.

— Vous… Vous pensez à ce démon, à ce Willie Talbot ? Mais je vous ai raconté comment David était parvenu à le détruire avec l'aide de son grand-père. J'étais là et j'ai vu ce monstre se faire dévorer par la Lumière. Le ciel m'en est témoin, je l'ai vu !

— Calmez-vous, mon enfant. Je ne mets pas vos paroles en doute. Dites-moi, quel âge me donnez-vous ?

Déconcertée, la jeune femme hésita. Elle avait toujours détesté ce genre de question qui obligeait à mentir effrontément pour faire plaisir ou à dire la vérité et de blesser sans le vouloir. Elle risqua un chiffre.

— Dans les soixante-dix ans, je dirais.

Le vieux prêtre sourit de tous ses dentiers. Il n'était peut-être pas si décrépit après tout. À son âge, la vanité ne portait plus à préjudice, alors pourquoi ne pas en profiter ? Il lui restait si peu de petits plaisirs.

— J'en ai quatre-vingt-seize, presque un siècle. Durant toutes ces années, j'ai côtoyé le meilleur de l'humain comme le pire. J'ai vu des choses… des choses si terrifiantes que mon esprit a longtemps refusé de les admettre, même si tous mes sens m'avaient prouvé le contraire.

Il se signa, les yeux perdus dans le vague pendant que lui revenaient des bribes de rites sacrilèges, de visions abjectes.

Heureusement, sa foi n'en était devenue que plus forte, mais il aurait pu tout aussi bien sombrer dans le gouffre du doute et se laisser détruire comme Luis Rodriguez et Théodore Langelier, deux des plus éminents conjurateurs de l'Église.

Il dut faire un effort sur lui-même pour reprendre le fil de la conversation.

— Le Malin possède un nombre incalculable de tours dans son sac, tous plus tordus les uns que les autres. Vous savez qu'il a doté ses démons de deuxième zone de privilèges spéciaux ? Je n'ai jamais eu à le vérifier de visu, mais il semble que certains incubes ont le pouvoir de se régénérer à partir d'une parcelle d'eux-mêmes.

Derrière les lunettes à montures fines, les yeux du vieil homme se firent plus perçants.

— Suzanne, êtes-vous certaine que ce soir-là, Willie Talbot ait disparu en entier ?

La jeune femme s'agita dans son fauteuil.

— Je... j'étais tellement énervée. Oui, je crois. Non, ce que je veux dire, c'est que j'en suis sûre.

— Allons, allons ! Ne vous mettez pas dans cet état. J'ai l'impression qu'un bon thé nous ferait le plus grand bien et ensuite, nous nous mettrons à l'œuvre. Les registres de l'église et les journaux de l'époque vont peut-être nous aider à en savoir un peu plus long sur ce vilain bonhomme. Croyez-moi, il est toujours préférable de bien connaître l'ennemi avant de se lancer dans une bataille de ce genre. Et pour finir, nous irons rendre une petite visite aux travailleurs du maire Rioux. Qui sait, ils nous diront peut-être pourquoi ils étaient si pressés de commencer le transfert sans moi. Ça vous va ?

Suzanne Martin acquiesça. Tout plutôt que de rester là à regarder son fils se débattre seul contre les forces de l'ombre.

Jeudi après-midi

Repoussant les mèches de cheveux dégoulinantes qui lui collaient à la figure, David jeta un œil sur l'horloge murale, 14 h 30. Une bonne journée, somme toute. Il n'avait pas revu le garçonnet à la salopette brune, ni son bizarre de frère, et il ne s'était pas endormi durant le cours de méthodologie. Mais le plus important, la jeune fille de la cinquième case à la droite de la sienne l'avait abordé durant la pause du midi. Pour une fois, Jonas n'en avait pas rajouté. Très mignonne, cette fille, et pas snob pour deux sous, même si sa grand-mère était la femme la plus fortunée de la ville.

— Chabot, Martin, Levitski, Gélinas et Lewis, hurla le moniteur de natation.

— Vous me refaites six longueurs. Les autres peuvent filer.

Garçons et filles se dispersèrent autour de la piscine dans un joyeux clapotement de pieds mouillés pendant que les cinq laissés pour compte s'installaient en position de plonger. Juste avant que ses bras tendus ne touchent l'eau, David entendit la voix de son copain légèrement déformée par l'écho.

— Pas de pot, vieux.

Quinze minutes plus tard, il se dirigeait rapidement vers la salle des douches. Après la dernière traversée, Jacques l'avait pris à partie pour savoir ce qui n'allait pas chez lui depuis quelques jours. La belle affaire !

Il ne pouvait quand même pas lui dire qu'il ne tenait pas le rythme parce qu'il rêvait la nuit ! Le moniteur l'aurait traité de lavette.

D'un coup d'épaule impatient, il poussa la porte battante et pénétra dans la pièce où régnait une atmosphère de jungle tropicale après la mousson. Des nuages de vapeur montaient des douches où deux de ses compagnons d'infortune abusaient manifestement de l'eau chaude pour se débarrasser de l'odeur de chlore qui leur collait à la peau. Il s'engouffra dans l'une des stalles encore libres et à son tour, il ouvrit les vannes au maximum. Face au mur de carreaux de céramique blancs, il ferma les paupières et offrit sa figure au courant fumant qui sortait du pommeau de douche. C'est alors qu'il sentit ce picotement sur sa nuque, ce genre de démangeaison capté par le subconscient lorsque quelqu'un vous observe avec attention.

— C'est toi, Levitski ? cria-t-il.

Aucune réponse.

— Chabot ?

Silence total, mis à part le bruit de l'eau déferlant sur les dalles. Envahi d'un affreux pressentiment, il se retourna tout de go pour se retrouver face à un grand type d'une vingtaine d'années dont les vêtements mal ajustés flottaient sur son corps maigre. Sa tignasse de cheveux clairs démontrait une aversion certaine pour le coiffeur et pourtant, ce détail n'enlevait rien à la pureté de ses traits. Certes, il était beau, mais d'une beauté déconcertante de statue de cire. Aucune émotion ne se lisait sur son visage si ce n'est une sorte de rage contenue au fond de ses yeux noirs.

— Bientôt, très bientôt... gronda l'inconnu d'une voix caverneuse avant de faire demi-tour et de filer par où il était venu.

Les jambes comme des chiffes molles, David battit en retraite sous le jet d'eau jusqu'à ce que le mur de céramique l'empêche d'aller plus loin. Dès que sa peau nue effleura la cloison, des milliers d'aiguilles glacées lui traversèrent l'échine, mais il resta immobile, terrorisé par l'invraisemblance de ce qu'il venait de vivre.

Les yeux !... Ces yeux-là ne pouvaient appartenir qu'à une seule et même personne, le gamin du stationnement. Le hic, c'est qu'il grandissait à une vitesse qui défiait toutes les lois de la nature.

— Qui était-ce ? hurla l'occupant d'une stalle voisine.

Un peu plus et le cœur de l'adolescent bondissait hors de sa poitrine pour aller galoper dans le drain d'évacuation.

— Bon sang, Levitski ! Tu veux me faire avoir une attaque ?

— Du calme, mon vieux ! Je me renseigne, c'est tout. Alors, tu me dis qui est ce gai luron ?

David avala sa salive en réfléchissant à toute vitesse. S'il dévoilait qu'avant-hier, ce type n'avait que dix ans, Levitski irait le raconter dans toute l'école et il deviendrait la risée de la ville au grand complet. Pourquoi ça n'arrivait qu'à lui, ces choses-là ?

— Je l'connais pas, réussit-il à bafouiller.

— En tout cas, lui a l'air de te connaître. Si j'étais à ta place, Martin, je me tiendrais loin de ce particulier. Il a une tête qui ne m'inspire rien qui vaille.

Alexandre Levitski attendit une confirmation qui ne vint pas, puis reprit :

— Tu as intérêt à te manier le train au cas où il lui reprendrait l'envie de revenir.

— Alex, ça t'ennuierait de m'attendre une minute ? J'ai presque terminé.

— Tu veux rire ! Chabot a déjà foutu le camp et moi, j'ai pas l'intention de sortir d'ici tout seul. Pas avec ce zombie qui traîne dans les parages.

D'une main tremblante, David coupa l'eau et suivit son compagnon dans le vestiaire contigu aux douches. Pendant qu'il se rhabillait, une image lui traversa brusquement l'esprit, s'imposa, puis devint si obsédante qu'il eut le sentiment que sa vie en dépendait.

— À tout hasard, tu ne connaîtrais pas quelqu'un dans les environs qui possède un rucher ?

Non loin, une voix monta d'une cabine.

— Pourquoi ? Tu es en manque de miel ?

— Alors, c'est oui ou c'est non ?

— Andreï.

— Qui ?

— Mon oncle Andreï s'occupe d'un rucher.

— Et il demeure où ?

— Ici, à Cody. Juste à la sortie de la ville.

— Tu me fais marcher. Je n'ai jamais vu de ruches dans le coin.

— C'est que t'as mal regardé. La grande clôture de deux mètres et demi derrière le lotissement de la rue Masson sert à quoi, d'après toi ?

— Celle qui est en train de disparaître sous le lierre ?

— En plein ça. Tu n'as pas si mal regardé après tout.

L'estomac noué, David arrêta de lacer ses chaussures sport.

— Je n'ai pas mis les pieds dans cette partie de la ville depuis des lustres. La fameuse palissade, je ne l'ai vu qu'en dormant, dit-il dans un souffle.

— Répète. J'ai pas compris.

— Rien d'important.

Au moment même ou ils quittaient le vestiaire, la sonnerie retentit, annonçant la fin du premier cours. Les deux garçons chargèrent aux pas de course.

Dans le sous-sol de la petite chapelle, on n'entendait que le bruissement de pages que l'on tourne. Les murs de pierres donnaient à l'endroit une apparence de catacombes, mais aucun squelette n'aurait apprécié y dormir, tellement c'était frais et humide. Même morts, leurs ossements en auraient été perclus de rhumatismes.

De loin en loin, de gros piliers formés aussi de moellons soutenaient la voûte trop basse et renforçaient l'effet d'écrasement ressenti par ceux qui osaient s'aventurer dans les profondeurs secrètes du bâtiment.

Sur trois des façades, des centaines de livrets recouverts de poussière avaient été posés à plat sur des étagères branlantes qui ne tenaient le coup que grâce aux solides parois qui leur servaient d'appui. Quant à la quatrième façade, elle disparaissait à demi sous un monceau d'objets hétéroclites qui auraient fait la joie des collectionneurs. Hélas, tous ces trésors traînaient là depuis si longtemps qu'ils avaient fini par se piqueter de taches de moisissures qui empestaient l'air en permanence.

Un coin de travail avait été emménagé près de l'escalier ; du moins, si l'on peut qualifier ainsi une table bancale et trois vieilles chaises dépareillées posées à même la terre battue. Fait rarissime, aujourd'hui, l'une d'entre elles était occupée par une jeune femme brune complètement absorbée par sa lecture.

— Ça y est, j'ai trouvé ! lança une voix de fausset.

Suzanne Martin leva le nez de son énième registre. Les yeux brillants de fatigue et les muscles ankylosés par l'inactivité, elle se mit debout en grimaçant de douleur et alla rejoindre le vieil homme.

— Alors ?

Charles Nodier lui tendit un manuscrit jauni par le temps. L'encre des caractères avait tellement pâli qu'à maints endroits, les lettres devenaient carrément illisibles. Il n'y avait pourtant pas à se tromper, il s'agissait bien de l'acte de décès de William Talbot.

Le sous gné certifie que Wi liam, Antoine Talbot
de père inconnu
et de mère inconn
est décédé le treize septem re mille neuf c nt quinze à l'âge de trente ans et a été enter é au cimetière de Cody le treiz septembre mill neu cent quinze
selon l   rites de l'Église romaine.

Arthur Clouthier, prêtre

S'il est innocent, que Dieu nous pardonn.
S'il est coupa e, que Dieu le prenne en pitié, car nulle prièr ne pou ra le sauver des flammes éternelles.

— Hé bien ! le moins que l'on puisse dire, c'est qu'ils semblaient plutôt pressés de s'en débarrasser, du citoyen Talbot. Mort et enterré le même jour.

Songeuse, la jeune femme relit le document en se mordillant un ongle.

— Il n'avait que trente ans. Peut-être est-il mort de la grippe espagnole, d'où l'urgence de le mettre en terre au plus vite ?

— Hum ! Je ne crois pas. Si ma mémoire est bonne, cette satanée grippe ne s'est manifestée qu'en 1918. Avez-vous remarqué cette note à la fin du manuscrit ? C'est assez inusité. Je dois vous avouer n'avoir jamais rien vu de tel sur un certificat de décès. Si j'osais, je dirais que c'est la marque d'un homme extrêmement troublé qui cherche à libérer sa conscience.

Suzanne Martin écarquilla les yeux.

— Vous croyez qu'on peut avoir aidé ce type à passer de vie à trépas et, qui plus est, avec le consentement du prêtre ?

Le père Nodier massa son front sillonné de rides profondes.

— C'est ce que nous allons chercher à découvrir. Allez, sortons d'ici avant de nous transformer en blattes.

Ils rangèrent les registres qu'ils avaient éparpillés sur la table vermoulue. Ensuite, Suzanne Martin offrit son aide au vieil homme et ils grimpèrent ainsi, bras dessus, bras dessous jusqu'au rez-de-chaussée. Après avoir bien refermé la porte derrière lui, Charles Nodier marqua un temps d'arrêt.

Un ministre du culte rongé par le remords !

Ça lui rappelait vaguement quelque chose.

— Mon père, ça ne va pas ?

Sortant de sa torpeur, le vieil homme éternua bruyamment.

— Pardon. Cette poussière, ça vous bouche les sinus comme c'est pas possible.

Il jeta un regard ostensible vers l'énorme horloge de parquet qui trônait à l'extrémité du vestibule.

— Bonté divine, 15 h. Et je me demandais pourquoi j'avais un petit creux. Vous accepterez bien de manger un morceau en ma compagnie ?

L'offre était tentante, mais Suzanne Martin la déclina. Elle ressentait un urgent besoin de se nettoyer le corps et l'esprit.

— Je vous remercie, père Nodier, mais je vais plutôt retourner chez moi faire un brin de toilette.

— Alors, je ne vous retiens pas, mais n'oubliez pas notre rendez-vous à la bibliothèque.

— J'ai bien peur de devoir le remettre à plus tard. Jérémie rentrera bientôt de l'école et... j'avoue que depuis l'histoire du petit Renaud, j'hésite à le laisser seul à la maison.

Compréhensif, le vieil homme acquiesça.

— Et vous avez parfaitement raison. N'ayant pas ce genre de préoccupations familiales, je continuerai mes recherches et si vous me le permettez, j'irai vous faire part de mes trouvailles à votre domicile, après l'office de ce soir.

— Je vous en prie, Charles, n'abusez pas de vos forces et surtout, soyez prudent, dit-elle en embrassant la joue fanée.

Charles Nodier la regarda s'éloigner. Le claquement des fins talons sur le plancher de bois vernis résonna durant quelques secondes, puis l'on n'entendit plus que le tic-tac monotone du balancier argenté, prisonnier de sa cage de verre.

Un ancien curé de Cody à la conscience pas très propre.

Le vieil homme se dirigea tout droit vers son bureau. Il saisit le téléphone et composa un numéro. L'appareil sonna une demi-douzaine de fois avant que quelqu'un ne daigne répondre.

— Foyer Saint-Pasteur, vous désirez ?

— Chambre 40, le père Mathieu.

— Je suis désolée, Monsieur, mais le père fait la sieste.

— Eh bien, réveillez-le. Il dormira bien assez au ciel. Dites-lui que son ami Charles Nodier veut lui parler de toute urgence.

— Puis-je lui signaler que vous avez insisté ?

— Dites-lui ce que vous voulez, mais allez me le chercher. Et plus vite que ça !

À l'autre bout du fil, la réceptionniste ne dut pas tellement apprécier, car un bang sonore résonna à l'oreille du vieux prêtre qui écarta vivement le combiné.

Une éternité plus tard, il entendit une voix endormie.

— Charles, c'est toi ?

— Bien sûr, qui veux-tu que ce soit ? Oscar, tu te souviens de cette histoire que tu m'as racontée du temps où tu travaillais comme jeune aumônier à l'hôpital psychiatrique de Brandon. C'était en 59, je crois.

— Bon sang, ça ne date pas d'hier.

— Je sais, mais tu dois absolument te rappeler. Tu m'avais parlé d'un indigent qui disait avoir exercé la prêtrise dans une petite ville frontalière. Cody qu'elle s'appelait, cette ville.

— Cody, Cody… Oui, c'est bien ça. Enfin, je crois.

— J'ai besoin de savoir ce qu'il t'a raconté. C'est terriblement important.

— Heu ! Tu ne me demandes pas de trahir une confession, j'espère ?

— Pas de baratin avec moi. Ce vieil alcoolique était en plein *delirium tremens* la plupart du temps. Il avait complètement perdu la boussole.

— Ce que tu peux être mal embouché quand tu t'y mets. Bon d'accord. Laisse-moi réfléchir.

Durant quelques secondes, Charles Nodier n'entendit plus que la respiration de l'homme, puis la voix reprit.

— Lorsqu'il était en crise, il parlait de gamins disparus, emportés par le diable. Des tout jeunes, une demi-douzaine au moins d'après les noms. Charles, n'oublie pas qu'il s'agit là des propos d'un homme gravement malade. Jamais, au grand jamais, il n'a cité un mot de cette histoire lorsqu'il avait toute sa tête.

— Il n'a rien dit d'autre ? Réfléchis bien, Oscar. Répète-moi ses moindres paroles, même si elles te paraissent anodines.

— Attends. Quelque chose me revient. Une comptine qu'il marmonnait tout le temps. Tu veux l'entendre ?

— Bien sûr que je veux.

— Il se balance à sa corde.
Mort il est, Will le maudit.
Avec Satan et sa horde
Reviendra, Will l'a promis.

Charmant n'est-ce pas ? Ce pauvre bougre l'a chantonnée si souvent que je l'ai apprise par cœur.

Charles Nodier se laissa choir pesamment sur l'une des chaises qui meublaient son bureau. William, Willie, Will.

Le nouveau cimetière, la disparition du petit Christophe Renaud, les cauchemars récurrents de David Martin et ce nom maudit mêlé à toutes les sauces, Willie Talbot.

Si cette entité malfaisante avait traversé d'un monde à l'autre, c'est qu'elle avait à nouveau trouvé un passage, mais comment avait-elle réussi ce tour de passe-passe ?

Au plus profond de son âme, le père Nodier eut soudainement la certitude que la bénédiction n'avait pas produit son œuvre parce que, quelque part en chemin, les cartes avaient été faussées.

Une voix inquiète grésilla dans le combiné.

— Charles, tu es toujours là ? Charles, qu'est-ce qui ce passe ?

Le père Nodier en chevrotait presque lorsqu'il se décida enfin à répondre.

— Cher grand ami, je me sens si vieux tout à coup. Prie pour que j'aie encore la force de combattre, prie pour moi et pour les pauvres gens de Cody.

Sans plus d'explication, il raccrocha.

Installé à une table de la cafétéria, David picorait dans son sac de croustilles avec l'appétit d'un condamné à mort. Il finit par repousser la friandise vers Jonas Royer qui salivait dans son coin, juste à en sentir l'odeur. Celui-ci termina son jus de légumes avec la délicatesse d'un éléphant en train de siphonner une mare d'eau, puis il tendit le bras vers la pochette argentée. Il la saisit, la renifla avec un air de pur délice avant d'y plonger les doigts.

— Tu vas te décider, oui ou merde ? dit-il en postillonnant des particules de *chips* partout sur la table.

David leva la tête.

— Pardon ?

— T'étais encore dans la lune. Je t'ai demandé si tu vas enfin te décider à me dire ce qui te tracasse.

— Rien de particulier.

— Ouais ! Tu dors à moitié, tu ne manges presque plus et ça dure depuis des jours. Mais on sait bien, monsieur n'aime pas parler de ses petits secrets, monsieur préfère souffrir en silence. Tu te souviens quand nous étions installés sur le perron de la chapelle à regarder l'excavatrice ?

Devant le signe affirmatif de son vis-à-vis, Jonas continua.

— Je t'ai dit à ce moment-là que Peter avait été le seul ami que j'ai jamais eu et ça t'a mis tout à l'envers parce que tu t'es senti exclu. Ben là, mon vieux, tu me fais exactement le même coup. T'as été là quand j'ai eu besoin de toi, mais maintenant que c'est à ton tour, tu me rejettes comme une vieille chaussette. Tu veux que j'te dise ? Ça me fait suer royalement. Je ne suis peut-être pas très intelligent, mais pour moi, l'amitié, c'est sacré. Alors, si tu ne me fais pas assez confiance pour tout déballer, je mets les voiles et tu ne me reverras plus.

David fixait son copain en se demandant ce qu'aurait fait ce futé de Peter s'il avait été là, à sa place. Peter !

L'âme étreinte par un reste de deuil, il tourna la tête et parut éprouver un soudain intérêt pour ce qui se passait autour de lui. À sa droite, une longue file d'élèves piaffaient d'impatience devant les distributrices. Sur la gauche, un groupe d'adolescentes discutaient ferme et, de temps à autre, leurs éclats de rire jetaient une note cristalline dans la cacophonie ambiante. Au sein de la joyeuse petite bande, Geneviève Maurice sentit son cœur battre un peu plus vite lorsque les yeux bruns se posèrent sur elle. Sa joie fut de courte durée, car le regard du garçon poursuivit sa route pour aller se perdre ailleurs... sur une fille plus jolie peut-être ?

Inconscient du remous qu'il avait causé, David se décida enfin à faire face à Jonas qui, durant tout ce temps, avait trompé son impatience en pianotant du bout des doigts sur la table de mélamine.

Finalement, ce n'était pas si important de savoir ce qu'aurait fait Peter parce que lui, David Martin, n'avait pas l'intention d'entraîner son copain en enfer, à sa suite.

— Il n'y a rien, je te dis. Pourquoi tu tiens absolument à chercher des poux où il n'y en a pas ? Oh ! et puis, j'en ai assez entendu pour aujourd'hui.

Il se leva, enfila le blouson qu'il avait déposé sur le dossier de sa chaise et quitta la salle bondée en direction de la sortie. Une rafale de vent le souffleta dès qu'il passa la porte de l'établissement. Le soleil avait disparu derrière un plafond de nuages lourds, gorgés d'eau à ras bord. Il allait pleuvoir, mais lorsque l'on se sait poursuivi par... Mais par qui au fait ? ce ne sont pas quelques gouttelettes de pluie qui vous intimident. David débaula les marches d'une traite. Il traversa le stationnement par le flanc ouest et commença à descendre vers le boulevard avec la ferme intention de mettre la plus grande distance possible entre lui et le gars aux yeux noirs.

— T'espères te sauver où comme ça ?

L'adolescent se retourna d'un bloc.

— Bon sang ! arrête de me coller aux basques.

Nullement impressionné, le jeune Royer continua de plus belle.

— Pas avant de savoir ce que tu cherches à fuir.

— Ça te va bien de dire ça. Ce n'est pas moi qui ai perdu les pédales, il y a deux ans. Alors, tes commentaires, tu peux te les mettre où je pense.

Il n'avait pas terminé qu'il s'en mordait déjà la langue, mais le mal était fait. Devant lui, Jonas serrait les poings.

— C'est exactement ce que je vais faire, mon p'tit père. Oublie-moi et j'en ferai autant de mon côté.

Appuyant sa déclaration d'un solide bras d'honneur, le garçon fit demi-tour et remonta en direction du gros bâtiment gris.

David le regarda partir en se disant qu'en fait de vacherie, il n'aurait pas pu faire mieux. C'était son meilleur ami qu'il venait d'envoyer paître, et en ce moment, les véritables amis se faisaient plutôt rares.

— Allez, reviens. Je ne voulais pas dire ça. Je… Je suis désolé.

Inutile de s'époumoner, Jonas faisait la sourde oreille et ce n'est pas lui qui pouvait le lui reprocher. Dans les prochains jours, il aurait intérêt à montrer patte blanche s'il voulait se faire pardonner.

L'idée qu'il puisse se faire du souci pour l'avenir lui parut soudain d'une drôlerie désopilante. Un rire nerveux, irrépressible gonfla sa gorge et il se plia en deux sous le regard amusé des jeunes qui déambulaient sur le trottoir.

Au-dessus de sa tête, le ciel s'était obscurci jusqu'à devenir couleur de plomb, tandis que les réverbères s'allumaient les uns après les autres pour lutter contre la grisaille qui envahissait la ville. Trompés par ce clair-obscur factice, ils ne parvenaient à émettre qu'une misérable lueur d'un jaune fadasse, aussi macabre qu'inutile.

Faute de ravitaillement pour l'alimenter, le fou rire de l'adolescent s'éteignit de lui-même. C'est alors qu'il se rendit compte de l'imminence de l'orage. Les autres promeneurs avaient eu la sagesse de courir se mettre à l'abri et il pensait en faire autant lorsque l'averse s'abattit sur la ville avec une violence foudroyante. David remonta le col de son blouson, mais le contact du tissu mouillé lui fit l'effet d'un tentacule gluant et froid enroulé autour de son cou. Il le rabaissa aussitôt.

— Il ne manquait plus que ça, se dit-il en jetant un regard exaspéré vers le ciel sombre.

Les dents claquant plus fort que des castagnettes, il oublia son projet de fugue et décida de regagner la polyvalente avant de finir frigorifié.

Jeudi, en soirée

Depuis des heures, la pluie fouettait les carreaux sans discontinuer. Le vent poussait des gémissements si pitoyables que le chien des voisins en devenait neurasthénique. Ne pouvant plus supporter ses aboiements à fendre le cœur, l'aîné des Martin se retira dans sa chambre. Le cadet, lui, s'affala sur la moquette du salon pour lire une bande dessinée empruntée à la bibliothèque de l'école

Incapable de rester inactive, la maîtresse de maison replaça un bibelot, vérifia chaque meuble du bout du doigt pour s'assurer qu'elle avait bien dépoussiéré partout, et pour la dixième fois au moins, enjamba le corps de Jérémie qui avait eu la malencontreuse idée de s'installer trop près de la fenêtre. Elle souleva le fin voilage de la baie vitrée avec un soupir d'impatience.

— Mais qu'est-ce qu'il fait ?

Calé dans son fauteuil, son mari ouvrit un œil las.

— Calme-toi, chérie. Il n'est que 19 h. Charles Nodier a promis de venir sitôt l'office terminé. Donne-lui une chance à ce pauvre homme.

— Je m'en veux tellement de lui avoir fait faux bond. Je n'aurais pas dû accepter qu'il fasse ces démarches en solitaire, surtout à son âge.

Quelques minutes plus tard, un éclair de phares balaya l'intérieur de la pièce, tandis qu'une voiture taxi tournait dans l'entrée.

— C'est lui, lança la jeune femme en se ruant vers la porte.

Des murmures, le bruit sec d'un parapluie que l'on ferme, et finalement, le léger grincement de l'un des battants du placard. Robert Martin se leva pour accueillir le visiteur au moment où son épouse revenait en compagnie du prêtre. Charles Nodier paraissait usé, abattu. Ce soir, on lui aurait donné facilement un siècle et demi.

Le papa interpella son jeune fils :

— Jérémie, viens saluer le père Nodier avant de monter rejoindre ton frère. Nous avons à discuter entre grandes personnes.

Le garçon leva sa tête blonde.

— Et si je veux pas y aller dans ma chambre ?

— Tu montes quand même.

À regret, l'enfant se leva. C'était toujours pareil avec les parents, pas moyen d'avoir le dernier mot. Son livre à la main, il s'avança vers le vieux monsieur.

— Salut, mon père, mais puisque vous n'êtes pas vraiment mon père, pourquoi est-ce qu'il faut que je vous appelle…

— Jérémie !

— D'accord, je m'en vais, dit-il en se dirigeant vers l'escalier.

— C'est vrai, quoi ! Comment est-ce que je peux savoir si je pose pas de questions ?

Charles Nodier le suivit des yeux jusqu'à ce que le gamin disparaisse à l'étage.

— Quel merveilleux petit garçon vous avez !

— Oui, mais à ses heures seulement. Ne restez pas debout, Charles, dit Robert Martin en lui offrant son fauteuil.

— Vous semblez épuisé.

Le mot était faible. Ce qu'il avait appris en ce jour avait drainé le peu d'énergie qui lui restait encore.

D'abord, il était passé par la bibliothèque. Les journaux les plus anciens remontaient à 1908. Il y avait découvert qu'à cette époque, Cody était déjà aux prises avec un prédateur. La bête à figure humaine traquait les jeunes, les escamotait au nez des parents pour ensuite regagner son antre, le temps de se faire oublier. Ensuite, elle recommençait. En deux ans, quatre enfants s'étaient évanouis dans la nature sans laisser de trace. De 1910 à 1915, on avait déclaré cinq autres disparitions et puis, plus rien.

Après la bibliothèque, il avait rendu visite aux cerbères engagés par le maire. Trois d'entre eux s'étaient montrés franchement hostiles, mais le quatrième avait été plus coopératif. Il faut dire que celui-là, il l'avait déniché à la taverne. À force de discuter et aussi, Dieu lui pardonne, de trinquer comme de vieux amis, le fossoyeur avait fini par lui dévoiler le pot aux roses. Deux cercueils avaient été intervertis lors du transfert et cela, à la demande expresse de Rioux. Le gars ne se souvenait pas du nom des défunts, mais cela l'avait bien fait rigoler qu'un richard se retrouve dans le secteur des maudits. *Y'en a au moins un qui a enfin eu ce qu'il mérite*, avait-il ajouté à la blague. Par contre, lui, Charles Nodier, n'avait pas ri du tout parce qu'à ce moment-là, il avait eu la confirmation de ce qu'il craignait déjà.

Un monstre avait été libéré et rôdait dans la ville en toute impunité. Un monstre qui n'était pas étranger à l'affaire du petit

Christophe Renaud. Un démon sans visage qui avait sans doute commencé à modeler le corps volé de l'enfant et qui, durant les prochains jours, changerait constamment d'apparence jusqu'à ce qu'il atteigne sa pleine maturité.

Mais que venait faire David Martin dans cette sombre affaire ?

Le prêtre avait passé des heures à réfléchir là-dessus et la réponse lui était parvenue pendant l'office. De toute évidence, le garçon était resté profondément marqué par sa première rencontre avec le spectre de William Talbot, assez pour qu'il devienne réceptif à la présence maléfique par le truchement de ses rêves. Mais ce genre de courant psychique pouvait-il s'établir dans les deux sens ? Ça, Charles l'ignorait et ce n'était pas sans le troubler.

Il s'installa dans le fauteuil en laissant échapper un soupir. L'idée de devoir apprendre ces mauvaises nouvelles à de si braves gens lui était insupportable, mais il se dit que leur cacher quoi que ce soit serait faire injure à leur amitié et à leur intelligence. Il implora l'aide du Ciel et se prépara à tout révéler.

— Vous devriez en faire autant, mes amis.

Juste au ton du vieil homme, Suzanne Martin sentit ses genoux fléchir. Son époux lui enserra la taille de son bras et la guida jusqu'au canapé où ils prirent place. Du bout des doigts, il caressa la joue pâle de sa femme.

— Écoutons d'abord et après, il sera toujours temps d'aviser.

Le père Nodier rendit compte de ses recherches.

* * *

Les grandes feuilles sèches avaient cessé de s'agiter en tout sens et pendaient mollement au bout de leurs tiges. L'œil de David fut attiré par un léger mouvement derrière les planches disjointes. Il y avait une chose, là, qui se déplaçait avec précaution. Elle suivait la palissade sur toute sa longueur, puis revenait sur ses pas dans le plus parfait silence. Le flottement cessa subitement.

Il comprit avant même de l'apercevoir qu'elle avait trouvé une faille, un interstice par où entrer et que très bientôt, elle et lui allaient se trouver du même côté de la barrière. Tendu à tout rompre, il s'obligea à ne pas bouger jusqu'à ce qu'elle émerge de l'ombre. Après une seconde ou une éternité, il n'aurait pu le dire, elle finit par se montrer à découvert.

Un agrégat de terre et d'autres immondices qu'il préféra ne pas identifier, commença à glisser vers lui. À chacune de ses lentes reptations, les contours flasques tremblotaient en diffusant une odeur fétide de chairs mortes depuis longtemps, puis sans raison apparente, le tas nauséabond arrêta sa progression et parut violemment secoué de l'intérieur. Un instant plus tard, il s'allongea, se contracta jusqu'à se donner une vague apparence humaine. Dans la caricature de visage, des yeux noirs semblables à deux morceaux d'onyx le toisèrent avec une malveillance si haineuse qu'il en frémit.

Il recula jusqu'à ce que son dos heurte la paroi d'une ruche et s'y cramponna de toutes ses forces. Un cri monta de sa gorge.

— Daviiid !

… et se transforma en un minable gargouillis tandis que sous lui, le sol commençait à tanguer de curieuse façon. Le rucher, la palissade couverte de lierre, la chose répugnante, tout se défit, s'effilocha comme de grands pans de brumes chassés par le vent.

L'adolescent ouvrit les paupières.

Plus excité qu'une puce, Jérémie bondissait sur le lit. Dès qu'il vit son frère émerger du sommeil, il cessa son manège.

— Dépêche-toi, tu vas nous faire manquer le meilleur.

— Pourquoi tu n'es pas encore couché, morveux ?

— Je ne suis plus un bébé quand même. Il est seulement 20 h. Viens vite ! Le vieux monsieur raconte une histoire. J'te jure, c'est mieux qu'à la télé.

L'adolescent se souleva sur un coude.

— Ce n'est pas poli d'écouter aux portes.

— D'abord, j'écoutais pas, je lisais. C'est pas ma faute si mes oreilles n'en faisaient qu'à leur tête. Alors, tu viens ?

Pourquoi pas après tout ? Ça lui changerait les idées d'entendre les anecdotes du père Nodier. Il sortit du lit et suivit le cadet le long du couloir menant à l'escalier.

Des bouts de phrases entrecoupées de longs silences, parvenaient jusqu'aux garçons. En bas, Robert Martin éleva la voix.

— Des hypothèses, toujours des hypothèses. Nous vivons au XXIe siècle, Charles. Pas à l'âge de pierre.

— Avez-vous déjà oublié ce qui s'est passé dans cette maison ? Suzanne se souvient, elle. William Talbot a pris possession du corps du petit Renaud comme il a failli le faire avec votre plus jeune fils. À l'heure qu'il est, ce démon est sans doute en pleine mutation. Notre seule chance d'en venir à bout, c'est de le retrouver pendant qu'il est encore vulnérable, avant qu'il n'atteigne ses trente ans.

— Mais nous ne savons même pas à quoi il ressemble.

— Alors, procédons par déduction. Selon moi, il peut avoir un charme fou lorsqu'il s'y met, sinon, comment expliquer la facilité avec laquelle il séduit ses victimes ? C'est cela que nous devons chercher, Robert, quelqu'un qui n'est pas de la ville. Un étranger ayant la beauté du diable.

À l'étage au-dessus, David Martin était devenu livide. Son grand-père Richard s'était trompé par delà la mort. Le spectre de Talbot n'avait pas regagné le néant. Il était demeuré à Cody, tapi dans le vieux cimetière, prêt à resurgir de sa boîte quand on s'y attendrait le moins. Dans la plupart des films, le Bien ne gagnait jamais contre le Mal, et c'était pareil dans la vraie vie.

Captivé par les propos du prêtre, Jérémie tourna une figure ravie vers son grand frère.

— J'te l'avais dit que c'était sup…

David n'avait pas l'air bien du tout, mais alors là, pas du tout.

— Heu ! T'as encore mal au cœur ? Tu veux que j'aille chercher m'man ?

— Non. Je... Je suis fatigué, c'est tout. Je crois que je vais retourner me coucher.

Prenant appui contre le mur, l'adolescent se traîna misérablement jusqu'à son lit où il s'écroula, le nez enfoui dans les couvertures. Il allongea le bras pour ouvrir le tiroir de sa table de chevet et tâtonna à l'intérieur. Ses doigts débusquèrent l'objet à l'endroit où il l'avait placé quand la peur avait diminué et qu'il avait recommencé à dormir des nuits complètes. Le garçon approcha le crucifix de ses yeux et le contempla.

— Qu'est-ce que tu attends pour le mettre hors d'état de nuire ? C'est ton boulot de faire ça, pas le mien !

D'un geste rageur, il lança le petit crucifix d'argent contre le mur. Comme pour le narguer, ce dernier rebondit, tournoya en rutilant sous le faisceau de lumière qui filtrait de la porte entrebâillée et termina sa course dans la moquette.

Au bout d'un moment, l'hébétude succéda à la colère, et l'adolescent se pencha pour récupérer la croix de métal. L'esprit ailleurs, égaré dans un autre temps pas si lointain, il serra le bijou dans sa main sans se rendre compte qu'il serrait trop fort et que les pointes acérées creusaient sa chair. Ses yeux s'embuèrent, non pas à cause de cette douleur qu'il éprouvait, mais parce que sa détresse avait pris toute la place et qu'elle le noyait de l'intérieur. Il étouffa ses sanglots dans l'épaisseur de l'édredon.

Revivre ça une deuxième fois ? Jamais. Il se ferait hara-kiri plutôt.

C'est vrai, chuchota la petite voix dans sa tête. Ce serait tellement plus facile d'abandonner. Mais qu'arrivera-t-il à ceux que tu laisseras derrière ? p'pa, m'man, Jérémie et Jonas ? Es-tu prêt à voir ce monstre s'attaquer à ceux que tu aimes le plus parce que toi, t'as baissé les bras ? Je te connais, David Martin, t'es peut-être pas un saint, mais t'es pas un lâcheur non plus. Il y a toujours une solution.

Le garçon s'essuya la figure en tentant de se remémorer les événements des derniers jours.

Lundi, le jour de sa disparition, Christophe Renaud avait sept ans. Mardi, on lui en aurait donné au moins dix. Mercredi, il avait à peu près le même âge que lui. Aujourd'hui, il paraissait avoir une vingtaine d'années. Demain, il en aurait probablement six ou sept de plus. Samedi ou dimanche, il achèverait sa métamorphose et deviendrait un Gork opérationnel à cent pour cent. Il fallait absolument trouver un moyen de l'arrêter avant que cela ne se produise.

David songea à ce fichu cauchemar qui lui empoisonnait la vie depuis une semaine et comprit qu'il devait en reprendre le cours, là où il l'avait laissé. Et si par malheur, il n'y trouvait pas de réponse, il connaîtrait au moins la fin. Il ferma les paupières et se concentra sur sa respiration. Après plusieurs minutes, ses muscles noués se relâchèrent un à un. Voilà, il était presque en état d'apesanteur maintenant, prêt pour le grand voyage au pays des rêves. Il bougea légèrement et son bras gauche retomba sur le côté du lit, libérant du même coup l'objet qu'il tenait toujours serré dans la main. La petite croix se détacha de sa paume en laissant une parfaite réplique d'elle-même incrustée au milieu du sang séché.

Vendredi matin, 6 octobre

Jérémie mordit à pleines dents dans sa rôtie au beurre de cacahuète et à la confiture de fraise. Devant lui, son frère semblait passionné par les bulles qui crevaient à la surface de son lait au chocolat.

— Qu'est-ce qu'on va faire après le déjeuner David ?

L'adolescent leva les yeux.

— Je sors, mais je t'avertis tout de suite, je ne t'emmène pas.

— Tu dois me garder ce matin. M'man a dit que tant qu'elle et p'pa ne seraient pas revenus, tu ne devais me laisser seul sous aucun prétexte.

Le jeune garçon adorait cette expression, mais elle ne semblait pas avoir le même attrait pour David, car il se leva de table sans un mot. Jérémie le regarda prendre le verre auquel il avait à peine touché et le vider dans l'évier. Ensuite, son frère quitta la cuisine pour revenir cinq minutes plus tard avec un manteau à la main. Il plongea l'autre dans sa poche de pantalon en faisant une grimace et il en ressortit un papier froissé qu'il lui tendit.

— Tu la donneras à Jonas quand tu le verras.

Jérémie suça son pouce et son index maculés avant de prendre la lettre, mais malgré tout, il réussit à y laisser une empreinte du plus mauvais effet.

— Oh non ! Je l'ai salie, dit-il en remarquant les dégâts

— Ce n'est pas grave. Jonas en a vu d'autres. N'oublie pas de la lui remettre surtout.

Jérémie lui trouva l'air bizarre, comme du temps où il sortait le soir avec sa bande d'amis peu recommandables. C'était l'opinion de sa mère à l'époque, mais depuis, Joey le vilain Renard avait quitté la ville et Peter était monté au ciel. Quant à Jonas, probablement qu'il était devenu recommandable, car sa mère n'avait plus eu peur pour David.

L'aîné enfila le manteau et s'accroupit pour être face à lui.

— Je voudrais rester à jouer avec toi, mais j'ai un rendez-vous que je ne peux pas manquer. Si je ne …

Sa voix devint plus rauque.

— Si je ne suis pas là ce soir, tu diras à p'pa et m'man que je les aime très fort tous les deux. Tu leur diras, n'est-ce pas ?

Jérémie faillit avaler de travers. Ce n'était pas la première fois que David allait désobéir, mais d'habitude, il n'en faisait pas tout un plat. Soudain, son grand frère sourit. Enfin, presque. Sa bouche souriait, mais pas ses yeux. Même qu'ils étaient pleins d'eau avec des petites étoiles brillantes dedans.

Jérémie le vit s'approcher encore plus et se raidit. Pour lui, les marques d'affection collantes relevaient quasiment d'un crime de lèse-majesté, mais parce qu'il se sentait triste à cause des petites étoiles, il se laissa enlacer. Un souffle chaud lui chatouilla l'oreille.

— Et je t'aime aussi, petite peste.

Relâchant son étreinte, David continua à le regarder si intensément que le petit garçon se tortilla sur sa chaise, prêt à s'éclipser.

— Écoute-moi bien, Jérémie. Je veux que tu verrouilles tout de suite après mon départ. Si un étranger se présente, tu le laisses dehors, c'est compris ? Tu ne te montres même pas. Promets-le-moi !

— Croix de bois, croix de fer.

Finalement, David parut satisfait et se redressa. Il se dirigea vers la porte menant au jardin. Quand le battant se referma sur son aîné, le garçonnet éprouva une soudaine envie de pleurer sans qu'il sache très bien pourquoi. Pour se consoler, il monta à l'étage, récupéra la bande dessinée qu'il avait commencée à lire la veille, fila vers la chambre de ses parents et se cala dans le grand lit.

Ding dong.

Plongé dans sa lecture, Jérémie tressaillit. Il sauta du lit pour aller répondre, mais il se souvint juste à temps du serment sacré. Aussitôt, il s'aplatit sur le sol et rampa sur le ventre jusqu'à la fenêtre dont il souleva un coin de rideau.

Ding dong, ding dong, ding dong.

— Oui, ça vient, cria-t-il en se remettant debout.

S'aidant de la rampe, il descendit l'escalier quatre à quatre, courut jusqu'à l'entrée et ouvrit tout grand.

— Salut, Jérémie. Ton frère est là ?

— Tu l'as manqué. Il est parti tout de suite après le déjeuner.

Ennuyé par ce contretemps, Jonas Royer se gratta la nuque. Il avait passé une nuit blanche à ressasser les injures que son copain et lui s'étaient lancées à la figure. Mettant son orgueil de côté, il s'était finalement décidé à faire les premiers pas. En fait, il se rongeait d'inquiétude là-bas, dans son foyer d'accueil, et venait s'assurer que tout allait bien du côté des Martin.

Un jour, un type lui avait dit qu'il n'y avait que les primitifs comme lui pour obéir à leur instinct en oubliant toute logique. C'est sans doute parce qu'il avait passé son enfance à essayer de prévoir les changements d'humeur de sa mère, et cela, sans jamais comprendre la logique sur laquelle elle se basait pour le rouer de coups. Aujourd'hui, son instinct lui disait qu'il y avait des ennuis dans l'air. Ce qui l'énervait le plus, c'était de penser que David, son meilleur ami depuis Peter, puisse être directement impliqué.

— Tu sais quand il va revenir ?

Jérémie haussa les épaules.

— Il l'a pas dit, mais il a laissé un mot pour toi. Viens, suis-moi.

Les deux se retrouvèrent bientôt dans la cuisine où flottait encore l'odeur du pain grillé. Jérémie se dirigea vers le comptoir.

— Les taches, c'est ma faute, dit-il, penaud, en rendant la lettre à son destinataire.

Sans se formaliser, Jonas déchira un coin de l'enveloppe et en sortit une feuille noircie d'une petite écriture serrée. Il n'était pas fort en lecture, mais il avait vu le style en pattes de mouches de son copain assez souvent pour parvenir à le déchiffrer sans trop de problèmes. Ses traits se durcirent à mesure qu'il lisait. Quand il eut terminé, il posa la feuille de papier à plat sur la table sans réussir à camoufler le tremblement de ses mains.

— Tes parents sont au boulot ?

— Non, ils ont pris congé eux aussi. Je crois qu'ils voulaient rencontrer le maire.

Jonas marcha tout droit vers le téléphone, chercha dans l'annuaire et composa un numéro. Jérémie l'entendit marmonner quelque chose puis, le combiné fut violemment replacé sur son socle.

— J'ai appelé à l'hôtel de ville. Tes vieux sont repartis avec Rioux, mais personne ne sait où ils sont allés, dit-il en revenant dans la cuisine.

Il griffonna un court message sur l'enveloppe vide.

— Donne-leur ça dès qu'ils rentreront. J'emprunte le vélo qui traîne dans l'allée.

— Mais où vas-tu ?

— Récupérer ton idiot de frère.

Après son départ, Jérémie jeta un coup d'œil sur le papier.

L'afreux est de retour. David en danger. A besoin d'aide. Rucher près de rue Masson. Amené du ranfore.

Il comprit pourquoi Jonas avait été recalé et bien d'autres choses aussi.

David venait de parcourir la moitié de la ville, le plus souvent, à contre-courant des autres piétons dont la majorité paraissait de fort mauvais poil. De toute façon, lui non plus n'aurait pas gagné le concours du gars super sympathique, en tout cas pas d'après l'image que lui renvoyaient les vitrines des magasins.

Il s'arrêta le temps de s'orienter. Cette partie de Cody lui était peu familière, et il ne tenait pas à courir le risque de s'éloigner de son objectif avec un damné sur les talons. Jusqu'à présent, Talbot s'était montré particulièrement discret, car en aucun moment, l'adolescent n'avait réussi à le repérer. Pourtant, il sentait qu'il était là, quelque part, imbu de lui-même et plein de hargne. Le garçon se remit en route.

À une centaine de mètres des dernières habitations de la rue Masson, une haute palissade avait été érigée en plein milieu d'un terrain vague et donnait l'illusion d'une coupure préméditée entre la ville et la campagne. Il continua jusqu'à ce qu'il découvre une maisonnette au charme vieillot, gentiment délabrée. Elle paraissait attendre sa venue, car à peine eut-il poussé la barrière grinçante de l'enceinte, que la porte de la demeure s'ouvrit toute grande. Sans plus d'invitation, il entra pour arriver nez à nez avec le propriétaire des lieux. L'homme lui fit signe de le suivre.

David se trouva bientôt dans une modeste cuisine embaumant le pain chaud. En le voyant, la maîtresse de maison eut un hoquet de surprise, puis se remit à la tâche.

À l'instar de tous les vieux couples, les Levitski avaient déteint l'un sur l'autre. Les deux avaient la peau tannée par des années de labeur au grand air. Ils se mouvaient à la façon des paysans, sans geste inutile, sans cette précipitation agaçante de ceux qui comptabilisent le temps en terme de billets de banque. Peu bavards, ils s'étaient composés un langage muet connu d'eux seuls et se comprenaient d'une mimique, d'une crispation des lèvres ou d'un battement de cils. Dans le visage usé de l'homme, la couleur des yeux faisait penser à ces petites vagues qui jouent à saute-mouton sur les rives de la Baltique et de toute évidence, la femme avait dû adorer s'y plonger. Cela se voyait dans son attitude, dans chaque regard qu'elle posait sur lui. Pour le moment, elle continuait tranquillement à hacher des légumes pour le repas du midi pendant que d'un geste, Andrei Levitski invitait son visiteur à prendre place à la table familiale.

Comme le silence menaçait de s'éterniser, l'adolescent inventa une histoire montée de toutes pièces. Il prétexta un travail de recherches terriblement important, un truc qu'il devait écrire sur les abeilles. Quand il s'arrêta, à bout de souffle et de mensonges, il savait déjà que, pas une seconde, ses hôtes n'avaient été dupes, mais cela ne changea en rien sa décision : il se rendrait au rucher aujourd'hui, et cela par n'importe quel moyen. Il le fallait !

Dans la cuisine, on n'entendit plus que le couic du couteau sur la planche à découper, et ce bruit-là cessa aussi. De plus en plus mal à l'aise, David se tourna vers la maîtresse de maison. La vieille dame paraissait fascinée par le va-et-vient de ses mains sur la table recouverte d'une toile cirée. Il les enfonça dans ses poches avant de demander, à brûle-pourpoint :

— Alors, Monsieur Levitski, est-ce que je peux ?

S'obstinant dans son mutisme, celui-ci se leva brusquement et quitta la pièce. Dès qu'il eut disparu, les yeux de Tamara Kapitsa convergèrent de nouveau vers le garçon. Elle lui sourit.

— Il va te montrer.

D'un jet, David la remercia, puis se lança à la poursuite d'Andrei. Il le vit traverser un couloir et pénétrer dans l'appartement donnant sur l'arrière de la maison. Le vieil homme ouvrit une porte et là, sous le porche, il s'absorba dans la contemplation de son domaine. Au bout d'un moment, il tendit le bras vers un sentier qui zigzaguait au milieu des mauvaises herbes roussies par le gel.

Les traits tendus, l'adolescent s'avança. Cela lui faisait tout drôle de penser que sa vie allait se jouer au bout de cette petite piste graveleuse. Et si, par miracle, il s'en sortait en un seul morceau, il ne serait sans doute plus jamais le même.

Craignant de changer d'avis, il se hâta de partir. Il n'avait pas fait trois pas qu'une voix résonnait dans son dos.

— Prends garde, petit !

Le vieillard s'inquiétait pour ses ruches et, dans le fond, c'était tout à fait normal.

— Je ne toucherai à rien, je vous le jure.

Après le départ du garçon, Andrei Levitski s'appuya contre le battant et ferma les yeux, déchiré entre son désir de le rappeler et la crainte des conséquences pour Tamie, pour lui et pour la ville entière s'il osait intervenir. Finalement, c'est la peur qui l'emporta et il rentra dans la maison. Au lieu de retourner à la cuisine, il monta à l'étage et alla se poster à la fenêtre de sa chambre.

Ne voyant pas revenir son époux, Tamara Kapitsa s'essuya les mains avec un torchon. Elle releva une mèche grise qui s'entêtait à glisser de son chignon et partit à sa recherche.

Andrei sut tout de suite qu'elle était là, derrière lui, mais joua l'indifférence. Il n'était pas prêt à la regarder en face, pas maintenant, pas avec cette honte qu'il éprouvait.

— Va-t'en, je te prie.

N'étant pas femme à se laisser congédier de façon aussi cavalière, Tamara ne tint aucun compte de l'ordre et lui entoura la taille de ses bras.

— Tu ne pensais pas qu'il serait si jeune, n'est-ce pas ?

Les yeux de l'homme s'assombrirent. Il hocha la tête.

— C'est encore un enfant. Saint Nicolas me pardonne, j'aurais dû l'accompagner, mais je suis lâche.

Elle l'obligea à se tourner vers elle, à l'envisager.

— Andrei, dans le rêve, aucun Levitski n'est confronté à la Bête. Le garçon sait cela, tout comme toi, tu sais. J'ai vu le signe dans sa main. On veille sur ce petit. Je le sens très fort, ici, dans mon cœur.

Elle appuya son poing fermé sur sa maigre poitrine.

À demi-rassuré, il la serra contre lui, puis la libéra comme à regret. Il marcha vers l'icône suspendue au-dessus du lit et se prosterna en joignant les mains sur ses lèvres. Sans qu'il en ait conscience, sa langue maternelle lui revint pendant qu'il psalmodiait une prière.

Vendredi, 10 h 30

Dans le terrain en friche bordant la rue Masson, un grand gaillard aux cheveux châtain clair se dissimulait au milieu des broussailles. Il avait vu le gibier disparaître dans la maison et résistait depuis un bon moment à l'envie d'aller le débusquer dans sa cachette. Que des témoins assistent à la scène ne l'incommodait pas le moins du monde. Ce serait l'occasion parfaite de montrer à tous, son incroyable puissance et peut-être bien, si l'envie lui en prenait, de leur offrir un passeport pour l'enfer, aller simple.

Il rit de sa bonne blague tout en levant la tête pour humer la brise. Tout à coup, ses narines palpitèrent. Le gibier avait quitté sa tanière. Il se déplaçait. Même d'aussi loin, il pouvait sentir sa peur.

Personne mieux que lui ne savait apprécier ce genre de parfum. Du temps ou il régnait en maître sur cette misérable ville, il s'en était abreuvé jusqu'à plus soif, mais depuis sa honteuse défaite, son évasion manquée du pays des morts, sa mémoire associait peur et souffrance. La souffrance des autres, il s'en moquait, mais la sienne, celle qu'il avait ressentie cette nuit-là, lui était restée au travers de la gorge. Quelqu'un paierait très cher pour ça.

Redressant sa haute taille, il suivit l'odeur et s'orienta directement vers l'interminable clôture. D'abord, il se contenta de marcher, puis se mit à courir, indifférent aux buissons qui lui déchiraient la peau et à la boue qui s'infiltrait dans ses chaussures. Il demeurait imperméable à tout ce qui n'était pas sa proie. Obnubilé par son idée fixe, il pensa foncer de plein fouet dans le mur de planches, de le réduire en copeaux, mais le bruit attirerait les curieux et ça, il ne le voulait pas. Il se calma.

Quinze minutes plus tard, la colère l'emportait à nouveau. Il avait longé la palissade une fois, deux fois, sans résultat. Cette maudite clôture mettait sa patience à rude épreuve et de la patience, il n'en avait plus. Il l'avait épuisée à tenir sa haine en laisse.

Le grand type s'efforça de réfléchir. Il y avait sûrement une ouverture par où il pourrait se glisser sans trop de difficulté.

Il refit le parcours en y mettant toute la concentration dont son cerveau corrompu était capable. Finalement, il trouva. En raison de l'orage de la veille, l'eau s'était accumulée dans une dénivellation pour venir grossir une petite mare d'eau stagnante. Il écarta les arbustes et examina la base des planches. Elles étaient recouvertes d'une épaisse couche de mousse verdâtre. Exactement ce dont il avait besoin.

Il s'agenouilla dans l'eau sale sans se préoccuper de ses vêtements. De toute façon, il en trouverait d'autres à la même enseigne que ceux-ci, sur une corde à linge. Se servant de ses doigts pour creuser la terre fangeuse, il dénuda les lattes rongées par l'humidité avant d'y exercer une légère pression. Comme il s'y attendait, le bois était si pourri qu'il s'effrita littéralement sous ses yeux.

Un grognement de plaisir roula dans sa gorge, faisant taire cette partie de lui qui l'incitait à la prudence. À nouveau, la fièvre de la chasse incendiait ses veines, le consumait de l'intérieur, et il ne connaissait qu'un moyen de l'apaiser. Il saisit les planches à pleines mains et tira, dégageant ainsi une embrasure d'une bonne trentaine de centimètres. Il creusa le sol encore un peu avant de s'étendre à plat ventre dans la boue, puis avec l'agilité ondoyante d'un reptile, il s'insinua dans la brèche, sans se préoccuper des esquilles acérées qui lui labouraient le dos.

En entendant les craquements du bois qui cédait, David faillit se laisser aller à la panique et prendre les jambes à son cou, mais cela n'aurait fait que retarder l'épreuve finale. Alors, il demeura sur place. Le bruit cessa aussi brusquement qu'il avait commencé et le garçon n'entendit plus que les battements effrénés de son propre cœur. Il attacha son regard sur les abords embroussaillés de la palissade.

— Où te caches-tu, salaud ?

Soudain, un mouvement capta son attention, là-bas, vers la façade nord. Lorsqu'il comprit de quoi il s'agissait, il crut s'évanouir.

Semblables à des repousses hideuses, deux bras maculés sortaient de la terre et s'agrippaient aux lierres pour tenter d'extraire le reste du corps à sa gangue de vase. Bientôt, une tête aux cheveux souillés, collés sur le crâne émergea du sol, suivi d'un torse, et pour finir, d'une longue paire de jambes. Couvert de boue, de sang et d'humus, Willie Talbot se tortilla un instant dans la vase, puis il se leva.

Malgré l'éloignement, David dut se rendre à l'évidence. Il avait devant lui un homme mûr, un véritable colosse. Il espéra ne pas s'être trompé en calculant l'âge du démon parce que si c'était le cas, il était d'ores et déjà mort. Terrifié, il avala sa salive pendant que là-bas, Talbot recommençait à se mouvoir.

Ne bouge pas ! Pas encore, souffla la petite voix dans sa tête.

Là-haut, dans le ciel, d'épais nuages gris acier voilaient peu à peu le soleil. Les couleurs du paysage parurent se dissoudre dans les mêmes teintes monochromes que celles de son rêve.

Le signal.

Prenant garde de ne pas trébucher dans les aspérités du terrain, l'adolescent recula. Il était sur le point d'atteindre les ruches quand il s'entendit héler, de loin :

— Martin, fiche le camp ! Vite !

David tourna la tête. Quelqu'un gesticulait plus bas, dans le champ.

Jonas !

Son copain avait pris connaissance de sa lettre beaucoup trop tôt. Il n'aurait pas dû être là, pas plus que les Levitski d'ailleurs. S'ils tentaient quoi que ce soit, les trois allaient courir directement à leur perte.

— Restez où vous êtes. Ne venez pas ici, vous m'entendez ? Ne venez surtout pas !

Distrait par ce contretemps, Willie Talbot jeta un coup d'œil glacé aux minus qui venaient de surgir, comme ça, à l'improviste. Ensuite, il reporta son regard sur le jeunot. Sa préférence ne faisant aucun doute, il continua sur sa lancée. Précédé de sa puanteur douceâtre de marécage, il fondit sur l'adolescent coincé contre l'une des ruches. L'étau de ses mains se resserra sur le cou de sa proie, puis se relâcha légèrement. Le *qui perd gagne* du désespoir débutait, le jeu préféré de Talbot.

— Alors, ça te plaît, mon mignon ? susurra celui-ci en découvrant ses dents de carnassier.

Le ton changea brusquement.

— Tu n'aurais pas dû me défier, ver de terre. Si tu t'étais mêlé de tes affaires, tu n'en serais pas là aujourd'hui. N'as-tu rien à me dire pour te faire pardonner ?

Après une autre pression, plus longue celle-là et un rien plus agressive, Willie Talbot écarta les doigts avec une parcimonie savamment étudiée. Nul mieux que lui savait faire durer la souffrance.

Je ne tiendrai pas le coup. Je n'y arriverai pas, pensa l'adolescent dont les poumons menaçaient d'éclater.

Oui, tu le peux ! Appelle-les. Maintenant !

— Les... Les abeilles !

Les yeux noirs de Talbot étincelèrent. Un entêté, ce garçon, mais il en avait déjà brisé de beaucoup plus coriaces.

— Ce n'est pas ce que je veux entendre. Supplie-moi, sale petite punaise.

— Les abeilles ! Elles arrivent.

— Non, mauvaise réponse. Et un petit tour de vis sur ce joli cou. Un.

David s'enfonça dans un brouillard flou, tandis qu'un rire tonitruant lui vrillait les tympans. Puis il put à nouveau respirer, le temps de discerner le visage de son oppresseur.

— Implore mon pardon et tu mourras vite.

— Les abeilles.

Décidément, ce rebut d'humain s'obstinait à ne pas comprendre. Le jeu en perdait tout son charme, il en devenait même lassant. Willie accentua la pression de ses doigts pour ne plus la relâcher. Le *qui perd gagne* touchait à sa fin.

En bordure du grand champ, de nouveaux arrivants s'étaient joints au trio Royer-Levitski, mais comme eux, il leur avait été impossible d'aller plus avant. Une force inconnue subjuguait leur volonté pour les empêcher d'interférer dans la manifestation. Sans le vouloir, ils allaient être les témoins impuissants d'un phénomène qu'ils ne reverraient plus de toute leur existence.

Des milliers de petits corps vibrants commencèrent à jaillir de chacune des ruches blanches pour se rassembler au-dessus du rucher. Ils étaient si nombreux que même de loin, on pouvait percevoir un bourdonnement continu qui ressemblait presque aux grésillements des lignes à haute tension. La nuée sombre stagna quelques secondes au-dessus du duo avant de se mettre à descendre lentement. Bientôt, l'homme et l'adolescent disparurent sous une véritable chape d'insectes. On entendit alors des rugissements d'animal blessé entrecoupés d'affreux blasphèmes. Les cris s'amplifièrent jusqu'à devenir une sorte de crescendo infernal qui semblait ne plus devoir s'arrêter. Puis le silence succéda au vacarme, un silence pesant, presque palpable.

Pendant ce temps, les nuages poursuivaient leur route nonchalante vers d'autres horizons, redonnant au champ des Levitski ses couleurs d'origine. Plus bas, à l'extrémité du terrain clôturé, tous ceux qui avaient été tenus à distance reprenaient peu à peu le contrôle de leur corps.

De légers remous parcoururent l'essaim. Dans un bruissement sourd, il s'éleva

au-dessus des deux corps immobiles, tournoya sur place, puis se scinda afin que
chaque colonie regagne sa ruche respective.

Étendu sur le tapis d'herbes sèches,
David rêvait qu'il virevoltait avec des elfes,
mais lorsqu'il tentait de les suivre dans le
tourbillon coloré, ils lui en refusaient invaria-
blement l'accès. Il se préparait à une entrée
en force lorsque deux des petites pestes
s'accrochèrent à lui. Un rire fusa.

— J'te l'avais dit, grand-p'pa ! L'idée
des elfes, c'était parfait pour accueillir un
gamin comme Christophe, mais pas pour
David Martin. À ma connaissance, ton petit-
fils n'a jamais eu le sens de l'humour.

— Peter ! Grand-père ! C'est vous ?

— David, mon garçon, nous n'avons
pas beaucoup de temps. Aujourd'hui, une
âme nous a été rendue. Elle était effrayée,
toute seule dans le noir, mais grâce à toi, à
ton courage, elle a été délivrée des ombres.
Dis aux parents de l'enfant de ne pas pleurer
sur lui, car il est heureux maintenant.
Répète-le. Dix fois, cent fois s'il le faut. Ils
auront besoin de l'entendre souvent pour
que le chagrin s'amenuise.

Lassé qu'on ne s'intéresse pas à lui,
Peter vint ajouter son grain de sel.

— Pas mal, le coup des abeilles,
hein ? Ce fichu démon a dû s'en mordre les

doigts quand il a découvert de quelle tare souffrait son nouveau corps. Une vulgaire allergie et hop ! C'est fini, mon Willie. Ça lui apprendra, à ce tordu !...

— Peter !

— D'accord, grand-p'pa, j'ai rien dit. Et David, je te remercie de ce que tu as fait pour Jonas. C'est un chic type.

Le minuscule génie de l'air qu'était devenu Bruno Richard poussa un soupir aussi léger qu'un battement d'aile.

— On t'appelle, mon petit, tu dois répondre.

— Je suis si fatigué, grand-père, permets-moi de rester ici.

— Non, ce n'est pas ton heure. Retourne auprès des tiens.

Sur un geste de son aïeul, tous les elfes, Peter compris, le précipitèrent hors du malstrom multicolore. Incapable de retrouver son chemin, transi de froid, l'adolescent se laissa dériver dans l'espace.

Des années lumière plus tard, des chuchotements se frayaient un chemin jusqu'à lui au delà de la nuit.

— Martin, tu vas pas me laisser tout seul ?

— Je t'en prie, David, respire ! Respire, bon Dieu !

— Reviens-nous.

Un long râle douloureux, puis l'air s'infiltra dans sa bouche, se précipita dans sa gorge pour aller gonfler ses poumons. Il cligna des yeux. Près de lui, gisant sur le flanc, un corps monstrueux, boursouflé au point d'en être méconnaissable, le regardait fixement de ses yeux morts.

Non, non ! gémit l'adolescent, en se débattant pour s'éloigner de cette vision hallucinante.

Heureusement, des mains secourables se tendaient déjà vers lui et il se retrouva debout, le visage blafard avec des sons de cloches plein les oreilles.

— Ça va aller, mon grand ! C'est fini, dit Suzanne Martin en le serrant dans ses bras.

Le vertige s'estompa et il put enfin discerner ceux qui l'entouraient, ses parents, Jonas, les Levitski et un autre personnage de notable importance qui jouait des coudes pour se frayer un chemin jusqu'à lui. Le maire Rioux en personne.

— Hé bien, jeune homme, tu vas devoir répondre à quelques questions concernant le décès de ce malheureux, mais au fait, qui est-ce ?

David toussa pour s'éclaircir la voix.

— Je ne sais pas.

Le maire se pinça les lèvres.

— Tu mens. Ce n'est peut-être pas aux travaux communautaires qu'on aurait dû vous envoyer, ton copain et toi, la dernière fois, mais en maison de correction.

Furieux, Robert Martin s'interposa.

— Aubin, vous laissez mon fils en paix ou je vous bâillonne avec votre propre langue.

Charles Nodier s'approcha de la dépouille. Avec l'aide de Jonas et d'Andrei, il la tourna sur le dos et souleva la masse de cheveux sales. D'après la description des parents, le petit Christophe avait une marque de naissance en forme d'étoile, sur la tempe droite, une marque lie de vin identique à celle qu'il voyait là, sur le front du mort. Plus de doute, il s'agissait bien de l'enfant disparu. Le prêtre se signa tandis que, de son côté, le maire continuait à déblatérer.

— J'avais bien assez de problèmes avec la disparition du fils Renaud sans qu'un voyou vienne y ajouter un meurtre.

Le vieux prêtre se releva.

— Taisez-vous, Aubin, vous m'entendez ? Plus un mot !

En d'autres temps, le maire Rioux les aurait tous envoyés paître d'une brillante répartie, mais en ce moment, il n'arrivait pas à détacher ses yeux du cadavre, pas plus qu'à l'image des œufs brouillés et des saucisses nappés de sauce tomate qu'il avait ingurgités le matin même. Sa face rubiconde tourna brusquement au vert, et il s'éloigna pour aller rendre son déjeuner à la terre.

Peu enclin à plaindre le gros bonhomme, Robert Martin examina les vilaines ecchymoses au cou de son fils.

— Ce Talbot a bien failli te tuer.

Il aurait peut-être mieux valu qu'il le fasse, se dit l'adolescent.

Comment allait-il réussir à vivre après ça ? Après avoir vu tant d'existences gâchées à cause d'une malheureuse idiotie.

Comme si elle devinait ses pensées, sa mère l'étreignit plus fort.

— Viens, mon grand !, rentrons chez nous. Jérémie doit s'inquiéter.

Abandonnant le corps au rucher et le maire à ses aigreurs d'estomac, tous reprirent le chemin de la maison des Levitski pendant que plus bas, une vieille dame s'appuyait pesamment au bras d'un homme en livrée de chauffeur. Les deux s'empressèrent de quitter les lieux avant que le petit groupe ne les approche.

Robert Martin haussa les sourcils.

— Et en plus, elle a osé venir jusqu'ici.

Sa femme se colla contre lui.

— Elle est si malheureuse ! Moi, je la plains.

Il ne trouva rien à redire. C'est en silence qu'il guida sa femme et son fils jusqu'à la demeure d'Andrei.

Au moment des adieux, Tamara Kapitsa s'approcha du garçon aux longs cheveux. Elle prit sa main dans la sienne et du bout des doigts, elle effleura le stigmate.

— Ton âme est belle, enfant. Les abeilles l'avaient deviné bien avant que tu ne passes cette porte. Rarement, elles se trompent.

Sur ses paroles énigmatiques, elle l'embrassa et rentra préparer le thé pour les hommes qui attendaient à l'intérieur l'arrivée des policiers.

Suzanne Martin se glissa derrière le volant de l'automobile familiale pendant que les deux jeunes s'engouffraient à l'arrière. Le véhicule quitta la propriété des Levitski pour s'engager dans la rue Masson.

— Je croyais que toi et moi, on était copain ? dit Jonas en regardant défiler le paysage.

— Et j'espère qu'on l'est toujours.

— Ben alors, mon p'tit vieux, va falloir qu'on discute sérieusement.

David s'écrasa contre le dossier capitonné et ferma les yeux.

— D'accord, mais une autre fois, si tu veux bien. J'ai passé une mauvaise journée, une très mauvaise jour…

Jonas attendait la suite, mais voyant qu'elle ne venait pas, il tourna la tête. Son compagnon dormait.

Une semaine plus tard

Un coup de vent vint éparpiller les feuilles mortes que le garçon s'évertuait à enfourner dans un sac poubelle. Jetant le râteau par terre, David se redressa en lançant un juron exaspéré. Il enleva ses gants de travail et examina sa main gauche où l'empreinte de la petite croix disparaissait peu à peu. Bientôt, il n'en resterait plus rien, de même pour les ecchymoses jaune verdâtre qui lui ornaient le cou. Hélas, les séquelles de son aventure ne s'effaceraient pas toutes aussi facilement. Il pensa à Christophe, aux photos que les parents du petit avaient étalées devant lui lorsque qu'il leur avait rendu visite. La ressemblance avec Jérémie lui avait donné un tel choc qu'il avait fondu en larmes, rien de moins. Lisa Renaud avait téléphoné le lendemain pour prendre de ses nouvelles. Elle et son mari voulaient qu'il revienne bavarder avec eux, un de ces jours, quand il se sentirait mieux. Il avait accepté... pour son grand-père, pour Peter et surtout pour le petit garçon des Renaud. Il lui devait bien ça.

— Bonjour, David.

L'adolescent sursauta violemment. Il leva les yeux pour découvrir une toute jeune fille au milieu de l'allée du jardin.

Geneviève Maurice esquissa un sourire.

— Je te dérange ?

— Non. Je suis un peu étonné, c'est tout, mais qu'est-ce que tu fais là ?

Elle repoussa une feuille sèche du bout du pied.

— Grand-mère voulait te parler. Elle est à l'intérieur avec le père Nodier. Madame Martin m'a dit où tu étais et...

Les yeux bruns du garçon se voilèrent.

— Désolé, mais je n'entrerai pas là-dedans tant que cette femme y sera.

— Je sais qu'elle a quelque chose à voir avec ce qui s'est passé au cimetière, mais ne la juge pas sans savoir. Elle avait mon âge lorsque Rupert Maurice l'a épousée. Il ne l'aimait pas, il n'aimait personne d'ailleurs, à part lui-même. Tout ce qu'il voyait dans cette union, c'était un chiffre d'affaires à la hausse. Les gens de Cody ont toujours ignoré quel genre d'homme il était, mais sa violence, ses humiliations constantes ont presque détruit grand-mère Justine. La pauvre a cru que la vengeance adoucirait ses vieux jours, et c'est pour cette raison qu'elle a expédié les restes de Rupert dans le secteur des maudits. Comment aurait-elle pu deviner ce qui s'ensuivrait ?

Lui tournant le dos, l'adolescent avait repris son instrument de jardinage et s'acharnait sur un bout de pelouse.

— J'ai du travail en retard.

La jeune fille s'avança et tendit la main jusqu'à le toucher, puis la retira.

— À la polyvalente, tout le monde y va de sa petite histoire juteuse à propos de Jonas Royer et de David Martin. Souvent, j'entends des élèves rigoler sur leur passage, mais eux s'en foutent royalement. Je me suis longtemps demandé comment ils parvenaient à supporter ces commérages, et puis j'ai pensé à mon oncle Conrad. Savais-tu qu'il a été sergent-major dans l'infanterie ? Un jour, on l'a envoyé en Bosnie, en mission de paix. Il y est resté huit mois et lorsqu'il est revenu, il avait exactement le même regard que toi et Jonas. Ma grand-mère l'a aussi, ce regard, comme tous ceux qui ont côtoyé l'enfer.

N'obtenant aucune réaction, elle s'impatienta.

— Arrête de bêcher ce maudit jardin et prouve-moi que je ne me suis pas trompée sur ton compte. Personne n'est à l'abri d'une erreur et ça, tu es en mesure de le comprendre mieux que quiconque. Cette femme que tu méprises essaie désespérément de réparer ses torts. Donne-lui une chance, David.

Le garçon avait interrompu son inutile va-et-vient et se servait de son râteau pour s'appuyer. Après un long silence, il passa les doigts dans ses cheveux.

— Bonté divine ! on croirait entendre ma mère. Tu as gagné, Geneviève Maurice. J'abdique.

Il daigna enfin se retourner.

— Allons-y puisqu'il le faut.

Il fit quelques pas dans l'allée, mais la jeune fille le retint, se surprenant elle-même de son audace.

— Plus tard, quand la vie aura repris son cours normal, tu crois que je pourrai te draguer ? Enfin, si tu n'y vois pas d'inconvénient.

La conversation prenait un tour inattendu. Son malaise devait transparaître sur son visage, car la jeune Maurice rougit en baissant la tête.

— Je ne suis pas ton genre, c'est ça ?

Pas son genre !... Il n'arrivait même pas à concevoir qu'une fille comme elle puisse s'intéresser à quelqu'un comme lui.

Doucement, il lui souleva le menton.

— Non, au contraire, je… J'ai seulement besoin d'un peu de temps. Tu t'imagines en train de te balader au bras d'un gars qui regarde constamment par-dessus son épaule par peur de ce qui pourrait s'y trouver ? Je viens de passer deux ans de ma vie à me battre contre un cauchemar et j'y ai tellement perdu de plumes que je ne me reconnais plus.

La jeune fille sourit.

— Je ne suis pas pressée. J'attendrai qu'elles repoussent.

Ils s'esclaffèrent comme des enfants qu'ils étaient. Ne pouvant choisir un plus mauvais moment, Jonas Royer et Jérémie firent irruption dans le jardin. Jonas gratifia son copain d'une œillade complice.

— Hé, les amoureux, on vous demande au parloir.

Cette fois, ce fut au tour de David de rougir.

— Nous nous apprêtions justement à rentrer. Passe devant, Geneviève, et dis-leur que je ne serai pas long. Tu viens avec nous, Jonas ?

— Non, j'ai promis à Jérémie de l'amener au parc après l'école.

— Ne laisse pas cet avorton te marcher sur les pieds surtout.

— Pas de danger.

— Elle est drôlement jolie pour une fille, lança Jérémie d'un air ébloui.

Jonas ébouriffa la chevelure blonde du garçonnet et les deux continuèrent leur route en chahutant à tout rompre.

L'après-midi s'achevait. Le soleil perçait les nuages en faisant pleuvoir des jets de lumières sur les dernières feuilles aux teintes d'ocre, d'orange et de rouge. Venant d'on ne sait où, une odeur de feu de bois embauma le jardin. David inspira une grande bouffée d'air froid. Une furieuse envie d'être heureux le prenait tout à coup. Il recula, se ramassa sur lui-même et, prenant son élan, courut vers le sac poubelle qu'il botta de toutes ses forces. La grosse poche verte exécuta un gracieux vol plané en semant son contenu sur le gazon fraîchement ratissé. L'adolescent se dit qu'il allait devoir reprendre le travail à zéro. Et ce serait pareil pour sa vie, mais peu importe, il avait de l'énergie à revendre. Il y parviendrait.

Une bourrasque de vent s'amusa à faire danser le faîte des arbres. Le feuillage clairsemé s'agita en laissant échapper des murmures. David leva la tête.

— Nous v'là au chômage. Qu'est-ce que nous allons faire maintenant que ton petit-fils est hors de danger ?

— Je n'aspire plus qu'au repos, mon cher Peter.

— Ben, pas moi. Christophe a besoin d'entraînement. Je vais lui montrer comment s'introduire dans un rêve. Qui sait, un jour, ça pourra lui servir.

— Tu ne renonces jamais, n'est-ce pas ?

— Comme toi, grand-p'pa et comme lui, en bas. Fichtre ! Il regarde par ici. Tu crois qu'il nous entend ?

— Rien n'est impossible. Viens, Peter, rentrons maintenant. Ce jeune homme peut très bien se débrouiller sans nous.

Le vent mit fin à sa valse folle, réduisant au silence les ramures des grands arbres.

Souriant jusqu'aux oreilles, David Martin cessa d'admirer les érables. Pour lui aussi, il était temps de rentrer.

Des livres pour toi
aux Éditions de la Paix
127, rue Lussier
Saint-Alphonse-de-Granby, Québec
J0E 2A0
Téléphone et télécopieur
(450) 375-4765
Courriel **info@editpaix.qc.ca**
Visitez notre catalogue électronique
www.editpaix.qc.ca

Collection DÈS 6 ANS

Martine Richard
Tas-de-plumes et les humains
Aquarine a-t-elle perdu la boule ?
Rollande Saint-Onge
Le Chat qui voulait voler
Claire Daignault
Tranches de petite vie chez les Pain-
chaud
Catherine D. Fournier
Noir, noir charbon
Josée Ouimet
Daphnée, la petite sorcière
Le Paravent chinois

Raymond Paradis
Le Petit Dragon vert
Le Piano qui jouait tout seul

Philippe Jouin
Auguste
Jacinthe Lemay
Zorteil, la mouffette de Pâques [1]
Yvan DeMuy
Sacré Gaston ! [2]
Francine Bélair
Mamie et la petite Azimer
Odette Bourdon
Shan et le poisson rouge
Dominic Granger
Bichou et ses lunettes

Collection DÈS 9 ANS

Danielle Simd
La Prophétie d'Orion
Carole Melançon
Sacrée Bougie !
Jocelyne Ouellet
Julien César
Monik Pouilloux
Le Galet magique
Gilles Côtes
Libérez les fantômes
Réjean Lavoie
Chauve-souris sur le Net
suite de... **Clonage-choc**
Manon Plouffe
Le Rat de bibliothèque [3]
Clara se fait les dents [3]

Manon Boudreau
La Famille Calicou
Le Magicien à la gomme
Maryse Robillard
Chouchou plein de poux
Rita Amabili Rivet
Voyage sur Angélica [4]
Josée Ouimet
Passeport pour l'an 2000
Jean-Marie Gignac
La Fiole des Zarondis
Isabel Vaillancourt
L'Été de tous les maux
Jean Béland
Un des secrets du fort Chambly
Adieu, Limonade ! [3]
Louis Desmarais
Tempêtes sur Atadia
Tommy Laventurier
Le Bateau hanté
Indiana Tommy
L'Étrange Amie de Julie [3]
Sélection de Communication jeunesse
Francine Bélair
Les Dents d'Akéla
Sélection de Communication jeunesse

Collection ADOS/ADULTES

Josée Ouimet
L'Inconnu du monastère

Hélène Desgranges
Le Rideau de sa vie
Le Givré
Steve Fortier
L'Île de Malt

Collection RÊVES À CONTER

Rollande Saint-Onge
Petites Histoires peut-être vraies
(Tome I)
Petites Histoires peut-être vraies
(Tome II)
Petits Contes espiègles
Ces trois derniers titres ont leur guide
d'animation pour les adultes
André Cailloux
Les Contes de ma grenouille
Diane Pelletier
Murmures dans les bois

Documents d'accompagnement disponibles

1 Livre-terrain-de-jeux et cassette de la
    Chanson du courage (paroles et mu-
sique)

2 Cahier d'exploitation pédagogique
    (nouveau programme)

3 Guide d'accompagnement pour la
lecture

4 Pièce de théâtre

Achevé d'imprimer chez
MARC VEILLEUX IMPRIMEUR INC.,
à Boucherville,
en octobre deux mille un